책을
지키려는
고양이

HON O MAMORO TO SURU NEKO NO HANASHI
by Sosuke NATSUKAWA
Illustration by Hikari MIYAZAKI

책을
지키려는
고양이

나쓰카와 소스케 장편소설

이선희 옮김

arte

차례

사건의
시작

할아버지는 이미 이 세상에 없다.

처음부터 상당히 극단적인 이야기지만 이것은 어찌할수 없는 사실이다.

사실이란 것은 아침이면 해가 뜨고 낮이 되면 배가 고픈것처럼 인간의 힘으로는 어떻게 할 수 없는 일로, 눈을 감고 귀를 막고 시치미를 뗀다고 해서 할아버지가 다시 살아돌아오는 것은 아니다. 이런 참담한 현실 앞에서 나쓰키린타로는 우두커니 서 있었다.

다른 사람 눈에는 매우 침착한 소년으로 비쳤으리라. 장례식에 참석한 사람 중에는 음침하게 여긴 사람도 있었을것이다. 갑자기 가족을 잃은 고등학생이라고 하기엔 린타로의 모습이 너무도 침착했기 때문이다. 장례식장 한구석에 우두커니 선 채 할아버지의 영정 사진을 바라보는 모습에서는 신비함마저 감돌았다.

하지만 린타로가 유난히 냉정하고 침착한 소년이었던 것은 아니다. 항상 조용하고 어딘지 모르게 속세를 떠난 초연한 분위기를 걸치고 있던 할아버지와, '죽음'이라는 낯선 개념이 잘 이어지지 않은 것뿐이다.

변화가 없는 단조로운 일상생활을 지겨워하지도 싫증 내지도 않고 유유자적하게 지내는 할아버지에게는 죽음의 신도 쉽게 끼어들지 못하리라고 여겼던 린타로에게, 별안간 숨을 멈추고 누워 있는 할아버지의 모습은 어설픈 영화나 연극의 한 장면 같았다.

실제로 하얀 관 안에 누워 있는 할아버지의 모습은 평소 모습과 똑같았다. 지금이라도 아무 일이 없었던 것처럼 일어나 "그럼 차나 끓일까?"라고 중얼거리며 석유스토브에 물을 끓인 뒤, 익숙한 동작으로 홍차를 타지 않을까. 린타로의 머릿속에서는 그런 모습이 아무런 위화감 없이 떠올랐다. 그럼에도 사실은 그렇지 않았다.

할아버지는 한참이 지나도 눈을 뜨지 않았고, 물론 매일 사용하는 찻잔을 손에 들지도 않았다. 다만 조용히, 그리고 엄숙하게 관 안에 누워 있을 뿐이었다.

장례식장에는 졸음을 재촉하는 스님의 독경 소리가 담담하게 이어지고, 가끔 조문객이 린타로에게 다가와서 뭐라고 말을 걸었다.

할아버지는 이미 이 세상에 없다.

그 사실이 린타로의 가슴속에 천천히 뿌리를 내렸다.

"할아버지, 이건 너무하잖아요."

린타로의 입에서 새어나온 작은 중얼거림에 대꾸하는 목소리는 어디에도 없었다.

나쓰키 린타로는 일개 고등학생이다.

키가 작고 알이 두꺼운 안경을 썼으며 피부는 하얗고 말이 없는 데다 운동 신경도 좋지 않고, 특별히 잘하는 과목도 좋아하는 운동도 없는 너무도 평범한 고등학생이다.

어린 시절에 부모님이 이혼한 뒤 어머니가 젊은 나이에 세상을 떠나는 바람에, 초등학교에 들어갈 무렵 할아버지의 집에 맡겨진 이후 계속 할아버지와 둘이 살았다. '일개 고등학생'이라고 치기에는 조금 특이한 인생이긴 하지만, 본인에게는 이 또한 보잘것없는 일상생활의 한 풍경에 불과했다.

그런데 할아버지가 세상을 떠난 지금, 린타로의 앞날은 막막하기만 했다.

할아버지의 죽음은 너무도 갑작스러웠다.

유난히 매서운 추위가 몰아치던 어느 겨울날 아침, 항상 일찍 일어나던 할아버지의 모습이 부엌에서 보이지 않았다. 린타로가 고개를 갸웃거리며 어두컴컴한 방 안을 들여다본 순간, 이불을 덮고 누워 있던 할아버지의 호흡은 이미 멎어 있었다. 얼굴도 찡그리지 않고 잠들어 있는 듯한 조각 같은 모습을 보고, 허겁지겁 달려온 동네 병원의 의사는 갑작스러운 심근경색으로 괴로워할 틈도 없이 저세상으로 가셨을 거라고 말했다.

"극락왕생입니다."

'갈 왕(往)' 자에 '살 생(生)' 자를 쓰는 '왕생'이라는 단어가 저세상으로 간다는 뜻이라니. 참 기묘한 말이라고 그 자리에 어울리지 않게 엉뚱한 생각을 한 것은 린타로가 그만큼 동요했다는 증거가 아닐까.

린타로의 불우한 처지를 잘 알고 있는 의사는 그 즉시 어딘가에 전화를 걸었고, 얼마 지나기도 전에 먼 곳에서 린타로의 고모라는 사람이 달려왔다.

그리고 사람 좋아 보이는 고모는 사망진단서부터 장례

식, 그 외 절차까지 척척 진행해주었다.

옆에서 지켜보던 린타로는 아무리 실감나지 않는다고 해도 조금은 슬픈 표정을 지어야 하지 않을까 생각했다. 하지만 할아버지의 영정 사진 앞에서 훌쩍훌쩍 눈물을 흘리는 자신의 모습은 아무리 생각해도 부자연스러웠다. 우스꽝스럽기도 하고 거짓이기도 했다. 관 안의 할아버지도 희미한 웃음을 지으며 '그만해라'라고 한마디 하리란 것은 쉽게 상상할 수 있었다.

따라서 린타로는 마지막까지 조용히 할아버지를 떠나보냈다.

그 이후 그의 눈앞에는 걱정스러운 얼굴의 고모와 함께 작은 가게 하나가 남겨졌다.

빚은 아니었지만 유산이라고 할 만큼의 가치는 없었다.

'나쓰키 서점'이라는 이름의 가게는 마을 한구석에 있는 작은 고서점(古書店)이었다.

"나쓰키, 역시 여기는 좋은 책이 참 많아."

린타로의 귀에 남자의 목소리가 들렸다.

린타로는 뒤도 돌아보지 않고 눈앞의 큰 책장을 바라본 채 "그래요?"라고 짤막하게 대꾸했다.

그의 눈앞에는 발밑에서 천장까지 묵직한 책장이 자리하고, 책장에는 수많은 서적이 꽂혀 있었다.

셰익스피어에 워즈워스, 뒤마에 스탕달, 포크너에 헤밍웨이에 골딩까지…… 전 세계의 내로라하는 작가의 작품들이 당당한 자태와 위엄을 뽐내며 린타로를 내려다보았다. 모두 상당히 오래된 고서이지만 초라한 느낌이 들지 않는 것은 매일 손질을 게을리 하지 않았던 할아버지 덕분이었다.

발밑에서는 책과 마찬가지로 역시 세월을 느끼게 하는 석유스토브가 빨간 불꽃을 내뿜고 있었는데, 불길의 기세에 비해 따뜻함은 크지 않아서 서점 안은 꽤 쌀쌀했다. 하지만 추위가 한층 혹독하게 느껴지는 이유는 기온 탓만이 아니란 것을 린타로도 알고 있었다.

"일단 이 책과 이 책, 합쳐서 얼마지?"

남자의 목소리에 린타로는 가볍게 고개를 돌려 눈을 가늘게 뜨고 대답했다.

"3,200엔요."

"여전히 기억력이 대단하군."

그렇게 말하며 쓴웃음을 지은 사람은 린타로와 같은 고등학교의 1년 선배인 아키바 료타였다.

키가 크고 눈빛이 맑으며 조용한 자신감과 여유가 넘쳤지만, 그것이 상대에게 불쾌감을 주지는 않는다. 실제로 농구부에서 단련한 실팍한 어깨 위에는 학년 수석의 두뇌가 자리 잡고 있었다. 더구나 이 지역에서 제일 큰 병원의 병원장 아들이자 학원도 여러 개 다니고 있는, 린타로와는 하나부터 열까지 대조적인 인물이었다.

"오오, 이것도 보물이군."

아키바는 그렇게 말하며 계산대 위에 대여섯 권을 쌓아 올렸다. 문무를 겸비한 이 선배는 의외로 독서가이기도 해서, 나쓰키 서점의 얼마 되지 않는 단골손님이었다.

"역시 여기는 참 좋은 서점이야."

"고맙습니다. 필요한 책이 있으면 천천히 고르세요. 지금 폐점 세일 중이니까요."

린타로의 말투에는 억양이 없어서 진심인지 농담인지 알기 힘들었다.

아키바는 한순간 입을 다물었다가 조심스럽게 말했다.

"할아버지가 돌아가셔서 많이 힘들지?"

그리고 다시 책장으로 눈길을 돌리더니, 마치 책을 고르는 듯한 모습으로 말을 이었다.

"얼마 전까지만 해도 저기서 느긋하게 책을 읽으셨는데,

너무도 갑작스러웠어."

"동감입니다."

말은 동감이라고 했지만 웃음기가 하나도 없는 완벽한 인사말에 불과했다. 아키바는 특별히 신경 쓰지도 않고 책장을 올려다보는 후배에게 눈길을 돌렸다.

"하지만 할아버지가 돌아가셨다고 해서 말도 없이 학교에 나오지 않는 건 그냥 넘어갈 수 없어. 다들 걱정하고 있다고."

"다들이라니, 누구 말인가요? 나를 걱정해줄 만한 친구는 짐작이 안 되는데요."

"그래? 친구가 거의 없나 보군. 홀가분해서 좋네 뭐."

아키바는 가볍게 고개를 끄덕이며 덧붙였다.

"하지만 할아버지께서는 걱정하실 거야. 걱정한 나머지 저세상에도 가지 못하고, 지금도 이 주변을 떠도시지 않을까? 할아버지를 너무 곤란하게 만들면 안 되지."

함부로 말하는 것 같지만 아키바의 목소리에는 부드러운 배려가 담겨 있었다.

나쓰키 서점이라는 연결고리가 있기 때문인지, 이 우수한 선배는 툭하면 서점에 틀어박혀 학교에 가지 않는 후배에게 의외로 신경을 써주고 있다. 학교에서 우연히 만나면

친절하게 말을 걸어주고, 무엇보다 이 힘든 시기에 일부러 서점에 찾아오는 것 자체가 특별한 배려임이 분명하다.

아키바는 입을 다물고 있는 린타로를 잠시 쳐다보다 다시 말을 이었다.

"너 말이야, 역시 이사 갈 거야?"

린타로는 책장을 올려다본 채 고개를 끄덕였다.

"아마 그럴 거예요. 고모 집으로 가려고요."

"거기가 어딘데?"

"그건 몰라요. 고모의 얼굴을 본 것도 이번이 처음이니까요."

린타로의 말은 너무도 담담해서 오히려 속마음을 알기 힘들었다.

아키바는 가볍게 어깨를 들썩인 뒤 들고 있는 책에 시선을 떨구었다.

"그래서 폐점 세일을 하는 거야?"

"그래요."

"이렇게 좋은 장서가 있는 서점은 여기 말고 없는데 말이야. 요즘에 프루스트 전권을 하드커버로 가지고 있는 서점은 거의 없거든. 그동안 계속 찾았던 로맹 롤랑의 『매혹된 영혼』도 여기서 발견했어."

"할아버지께서 들었다면 좋아하셨을 텐데요."

"살아 계셨으면 더 좋아하시게 해드릴 수 있었는데. 귀한 책을 마음 편히 구할 수 있어서 얼마나 좋았는지 모른다고. 그런데 갑자기 이사 가면 어떡해?"

아키바의 스스럼없는 말은 배려의 반증이지만, 린타로는 재치 있는 대답을 할 수 없어서 그저 가만히 서점의 벽만 바라보았다.

그곳에는 중후한 책이 산더미처럼 쌓여 있었다.

아무리 고서점이라고 해도 요즘 세상에 이렇게 오래된 책들로 용케 꾸려나갔다고 감탄할 만큼 유행과 관계없는 책이고, 절판된 책도 적지 않다. 아키바의 말은 배려 차원을 빼더라도 명확한 사실이었다.

"언제 이사 가는데?"

"아마 일주일 후쯤 될 거예요."

"아마라니, 하여간 뭐든 대충하는 놈이라니까."

"생각해봤자 소용없으니까요. 나에겐 선택권이 없거든요."

"하긴 그럴지도 모르지."

아키바는 다시 가볍게 어깨를 들썩이면서 계산대 옆에 있는 작은 달력을 힐끔 쳐다보았다.

"다음 주라면 크리스마스 시즌이잖아? 여러모로 힘들겠

구나.”

“상관없어요. 선배와 달리 특별한 일정이 없거든요.”

“비꼬는 거야? 이런저런 일정을 짜야 해서 나도 꽤 힘들
거든. 가끔은 혼자 느긋하게 산타클로스를 기다리고 싶다
고. 아하하하하.”

한바탕 웃음을 터뜨리는 아키바를 보며 린타로는 “그러
세요?”라고 시큰둥하게 대꾸했다. 아키바는 어이없는 표
정을 지으며 한숨을 쉬었다.

“하긴 이제 와서 열심히 등교할 이유는 없겠지만, 떠날
때일수록 뒤를 깨끗이 정리해야지. 너희 반 애들 중에는
나름대로 걱정하는 녀석도 있을 거고.”

아키바가 힐끔 쳐다본 계산대 위에는 프린트한 종이 몇
장과 노트가 놓여 있었다. 결석한 학생에게 가져다주는 알
림장이다.

아키바가 가져다준 것은 아니다. 조금 전에 린타로 반의
반장인 여학생이 가져다주었다.

유즈키라는 이름의 반장은 서점의 가까운 곳에 살고, 린
타로와는 초등학교도 같이 다녔다. 남자를 능가할 만큼 호
탕한 성격으로, 말이 없고 서점에만 틀어박혀 있는 린타로
와 특별히 친하지는 않다.

노트를 주러 왔을 때도 멍하니 책장을 올려다보는 린타로를 보고, 노골적으로 한숨을 쉬었다.

"이렇게 태평한 얼굴로 서점에 틀어박혀서 학교에도 안 나오다니. 너, 괜찮은 거야?"

"괜찮으냐고?"

고개를 갸웃거리며 되묻는 린타로에게, 반장은 여봐란 듯이 얼굴을 찡그리며 옆에 있던 아키바를 향해 말했다.

"선배, 지금 이런 애랑 노닥거릴 때예요? 농구부 사람들이 찾고 있다고요."

선배에게도 주눅 들지 않고 그렇게 말하고는 재빨리 밖으로 나갔다.

퉁명스러운 태도는 무턱대고 배려하거나 동정에 넘치는 눈길보다 훨씬 자연스러워서, 너무도 유즈키답다고 린타로는 기묘하게 감탄했다.

"너희 반 반장, 여전히 박력이 넘치더군."

"책임감이 강해요. 알림장을 직접 가져다주지 않아도 되는데……."

집이 가깝다는 이유도 있어서 직접 가져왔겠지만, 토해내는 숨결이 새하얀 계절에 일부러 여기까지 와야 하는 반장에게는 보통 민폐가 아니라고, 린타로는 순순히 미안한 마음이 들었다.

"전부 6,000엔만 주세요."

린타로가 일어서서 말하자 아키바는 한쪽 눈썹을 꿈틀
거리며 말했다.

"폐점 세일치고는 별로 싸지도 않네?"

"10퍼센트 할인이에요. 그 이상은 깎아줄 수 없어요. 전
부 명작들이잖아요."

"너답군."

아키바는 웃으면서 지갑에서 지폐를 꺼내더니, 계산대
가 있는 책상에 던져놓았던 머플러와 장갑을 들고 가방을
어깨에 메면서 덧붙였다.

"내일은 학교에 나와."

평소와 똑같이 밝은 웃음을 뿌리고 아키바는 서점에서
나갔다.

한순간 서점 안이 조용해지고, 격자문 건너편은 어느새
저녁놀이 붉게 물들어 있었다. 서점 한쪽에서는 등유가 얼
마 남지 않은 스토브가 지지직거리며 희미하게 항의를 하
고 있었다.

이제 슬슬 2층으로 올라가 저녁식사 준비를 할 시간이
다. 할아버지와 둘이 살았을 때도 저녁식사 준비는 늘 린

타로의 몫이었으므로 그것 자체는 대단한 일이 아니다.

하지만 린타로는 잠시 출입구에 시선을 고정한 채 움직이지 않았다.

저녁 해가 더 기울어지고 스토브의 등유도 떨어져 서점 안에 냉기가 가득 차도 그 자리에서 꼼짝도 하지 않았다.

첫 번째 미궁

'가두는 자'

나쓰키 서점은 오래된 집들과 건물들에 파묻히듯 조촐하게 서 있는 작은 서점이다.

구조는 상당히 독특하다.

입구에서 안쪽까지는 길고 좁은 통로가 이어지고, 양쪽 벽에는 천장까지 만들어 붙인 붙박이 책장이 통로를 내려다보았다. 머리 위에는 여기저기에 복고풍 램프를 매달아 놓아, 윤기 있는 바닥에 반사한 부드러운 빛이 서점을 가득 메웠다.

서점 한가운데에 계산대로 사용하는 작은 책상이 놓여 있는 것 말고는 별다른 장식도 없고, 맨 안쪽은 평범한 나무 벽으로 가로막혀 있었다. 하지만 밝은 출입문에서 서점 안으로 들어오면 실제보다 안쪽이 깊게 보여서, 한순간 책으로 둘러싸인 복도가 끝없이 깊은 어둠으로 이어진 것처럼 보였다.

그런 서점 한가운데의 작은 램프 밑에서 조용히 책을 펼치고 있는 할아버지의 모습은 일류 서양화가가 정성껏 그린 품위 있는 초상화처럼, 독특한 음영과 함께 린타로의 뇌리에 깊이 새겨져 있었다.

"책에는 힘이 있지."

할아버지는 입버릇처럼 그렇게 말했다.

평소에 워낙 과묵해서 손자에게도 거의 말을 하지 않았지만 책에 관해 말할 때에는 가느다란 눈을 한층 더 가늘게 뜨고 목소리에 힘을 주었다.

"시대를 초월한 오래된 책에는 큰 힘이 담겨 있단다. 힘이 있는 수많은 이야기를 읽으면, 넌 마음 든든한 친구를 많이 얻게 될 거야."

린타로는 작은 서점의 벽을 가득 메운 책장을 새삼스레 바라보았다.

그곳에는 유행하는 베스트셀러도 없고, 인기 있는 만화나 잡지도 없다. 안 그래도 책이 팔리지 않는 요즘 같은 세상에 이래서는 도저히 살아남을 수 없다고, 단골손님이 걱정하는 일도 한두 번이 아니었다. 하지만 서점을 꾸려나가는 왜소한 노인은 작게 주억거릴 뿐, 입구를 메우고 있는 니체 전집도 오래된 엘리어트의 시집도 다른 곳으로 옮기려고 하지 않았다.

그런 할아버지가 만든 공간은 집에 틀어박히기 일쑤인 손자에게 귀중한 안식처라서, 학교에서 있을 곳을 찾지 못한 린타로는 이곳에서 책의 끈을 풀고 책의 세계에 푹 빠지곤 했다.

린타로에게는 이른바 피난처이고 유일한 은신처였다. 이제 며칠 후면 그런 나쓰키 서점을 떠나야 한다.

"할아버지, 이건 너무하잖아요."

입에서 작은 중얼거림이 새어나온 순간, 딸랑 하는 가벼운 소리가 들렸다. 그 소리에 린타로는 살짝 긴장했다.

입구에 매달아놓은 은색 도어벨이 울린 것이다.

그것은 곧 손님이 왔다는 신호이긴 하지만 '폐점' 팻말을 걸어놓은 나쓰키 서점에 손님이 올 리 만무하다. 애초에 문 밖은 완전히 해가 저물어 캄캄한 어둠이 내려앉아 있었다. 아키바 선배가 나간 것이 조금 전이라고 여겼는데, 어느새 시간이 한참 지난 모양이다.

'잘못 들은 걸까?'

그렇게 생각하며 책장으로 시선을 돌리려던 순간 나지막한 소리가 들렸다.

"상당히 음침한 곳이군."

린타로는 흠칫 놀라 입구를 돌아보았지만 사람의 그림자는 보이지 않았다.

"서점이 이렇게 음침하면 훌륭한 장서까지 초라하게 보이는 법이지."

소리가 들린 곳은 오히려 서점의 안쪽이었다. 황급히 고개를 돌린 린타로의 눈에 들어온 것은 사람의 모습이 아니라 고양이 한 마리였다.

노란색과 갈색 줄무늬에 약간 묵직해 보이는 덩치 큰 고양이였다. 갈색 얼룩고양이라고 할까, 얼굴의 윗부분부터 등까지는 갈색이지만 배와 다리는 새하얗고 덥수룩한 털로 뒤덮여 있다. 얼룩고양이는 안쪽의 어둠 속에서 깊은 비취색으로 빛나는 눈으로 린타로를 뚫어지게 쳐다보았다.

얼룩고양이의 부드러운 꼬리가 흔들린 순간, 린타로는 나지막하게 중얼거렸다.

"고양이?"

"왜, 고양이면 안 돼?"

얼룩고양이가 대답했다.

얼룩고양이가 틀림없이 "왜, 고양이면 안 돼?"라고 대답한 것이다.

린타로는 어안이 벙벙했지만 가까스로 타고난 냉정함을 잃지 않고, 일단 두 눈을 꼭 감은 뒤 3초를 족히 헤아리고 나서 눈을 떴다.

세 가지 색깔의 밝고 부드러운 털, 복슬복슬한 꼬리, 날카롭게 빛나는 눈과 이등변삼각형 모양의 두 귀, 어느 면으로 보나 당당한 얼룩고양이였다.

얼룩고양이의 긴 수염이 한 번 움직였다.

"꼬맹이 너, 눈이 나쁘냐?"

배려라곤 털끝만큼도 없는 냉정한 말투다.

"그야 뭐……."

린타로는 잠시 우물쭈물거리다 덧붙였다.

"시력은 별로 좋지 않지만 눈앞에 인간의 말을 하는 고양이가 있다는 건 알아."

"그럼 됐어."

얼룩고양이는 장난스럽게 고개를 끄덕이고 나서 말을 이었다.

"나는 얼룩고양이 '얼룩'이야."

얼룩고양이의 뜬금없는 자기소개보다 이상한 일이 또 있을까. 그래도 린타로는 일단 대꾸했다.

"나는 나쓰키 린타로야."

"알고 있어. 나쓰키 서점의 2대지."

"2대?"

익숙하지 않은 말을 듣고 린타로는 순간 당황했다.

"미안하지만 나는 그냥 서점에 틀어박혀 있는 사람이야. 책에 관해서라면 할아버지가 잘 아시지만, 할아버지는 이미 이 세상에 없어."

"상관없어. 내가 볼일이 있는 건 2대니까."

얼룩고양이는 오만하게 말하더니, 가늘게 뜬 비취색 눈으로 린타로를 빤히 쳐다보았다.

"네 힘을 빌리고 싶어."

얼룩고양이의 입에서 황당한 말이 흘러나왔다.

"힘?"

"그래, 네 힘."

"힘이라니, 무슨……?"

"어느 장소에 책이 많이 갇혀 있어."

"책?"

"앵무새도 아니고 왜 바보처럼 내 말을 따라하는 거야?"

날카로운 말이 화살처럼 날아왔다.

황당한 표정을 짓는 린타로에게 아랑곳하지 않고, 얼룩고양이는 흔들림 없이 말했다.

"갇혀 있는 책을 구해야 해. 나를 좀 도와줘."

두 개의 비취색 눈동자가 예리한 빛을 내뿜었다.

린타로는 잠시 얼룩고양이를 바라보다가 천천히 오른손을 들어 안경테를 만지작거렸다.

그가 생각에 잠길 때의 습관이다.

피로가 쌓였기 때문일까…….

린타로는 눈을 감고 안경테에 손을 댄 채 생각에 잠겼다.

할아버지의 죽음과 익숙지 않은 장례식으로 피로가 쌓인 탓에, 자기도 모르는 새에 잠들어 꿈을 꾸는 것임이 틀림없다.

그렇게 생각하며 살며시 눈을 떠보자 눈앞에는 여전히 얼룩고양이 한 마리가 유유히 앉아 있었다.

이것 참 난감하군…….

그러고 보니 최근 며칠은 책장을 바라보았을 뿐, 그토록 좋아하는 책도 들추지 않았다. 읽다 만 『캉디드 혹은 낙관주의』(프랑스의 계몽사상가 볼테르의 대표작-옮긴이)는 어디에 두었을까?

아무래도 상관없는 생각이 린타로의 뇌리를 가로질렀다.

"내 말 듣고 있어, 2대?"

얼룩고양이의 날카로운 소리에 린타로는 사고의 늪에서 올라올 수밖에 없었다.

"한 번 더 말하지. 책을 구하기 위해 네 도움이 필요해."

린타로는 최대한 머리를 굴려 단어를 고르면서 말했다.

"내 도움을 받고 싶다고 해도…… 미안하지만 별로 도움이 될 것 같지 않아. 아까도 말했지만 나는 그저 서점에 틀어박혀 있는 고등학생일 뿐이야."

의자에 걸터앉은 채 린타로는 진지하게 대꾸했다. 그렇게 할 수밖에 없을 만큼 얼룩고양이의 눈길은 진지했다.

"상관없어. 네가 성격도 어둡고 서점에만 틀어박혀 있는데다가 특별한 장점도 없는 애송이라는 건 이미 알고 있으니까. 그걸 알고 부탁하는 거야."

얼룩고양이가 너무도 담담하게 독설을 내뿜었다.

"그런 것까지 알고 있으면서 왜 내게 부탁하는 거지? 나보다 믿음직한 사람은 하늘의 별만큼 많잖아."

"그건 네가 말하지 않아도 알고 있어."

"더구나 얼마 전에 할아버지가 돌아가셔서 이래 봬도

꽤 우울하단 말이야."

"그것도 알고 있어."

"그렇다면……."

"너는 책을 좋아하잖아."

얼룩고양이의 나지막한 목소리가 린타로의 가벼운 입을 가로막았다. 얼룩고양이의 말투는 빠르지 않았지만 반박하지 못하게 하는 박력을 갖추고 있었다. 얼룩고양이의 박력과 관록이 린타로의 반박을 원천 봉쇄한 것이다.

얼룩고양이의 비취색 눈이 린타로를 똑바로 쳐다보았다.

"그야 물론 책은 좋아해……."

"그럼 뭘 망설이는 거지?"

얼룩고양이의 태도는 모든 면에서 린타로보다 당당했다.

린타로는 다시 안경테를 만지작거렸다.

무슨 일이 일어나고 있는지 나름대로 생각해봤지만, 이치에 맞는 대답은 나오지 않았다. 뭐가 어떻게 된 건지 도저히 이해할 수 없었다.

린타로의 마음을 읽은 것처럼 얼룩고양이가 입을 열었다.

"중요한 건 항상 이해하기 힘든 법이지, 2대. 많은 사람들이 그런 당연한 사실을 알아차리지 못한 채 하루하루를 살아가고 있어. '마음으로 보지 않으면 잘 보이지 않아, 가장 중요한 건 눈에 보이지 않는 법이지'."

린타로가 미간 사이에 잡았던 주름을 폈다.

"이럴 수가…… 얼룩고양이한테서『어린 왕자』의 한 구절을 들을 줄은 꿈에도 몰랐어."

"생텍쥐페리는 네 취향이 아닌가?"

"아주 좋아하는 작가 중 한 명이야."

린타로는 대답하면서 옆의 책장을 살며시 어루만졌다.

"하지만 난『야간비행』이 최고라고 생각해.『남방 우편기』도 좋고."

"좋아."

얼룩고양이가 히쭉 웃었다.

그 여유로운 태도에 그리움과도 비슷한 감정이 느껴진 것은 얼룩고양이의 분위기가 어쩐지 할아버지와 비슷했기 때문일까. 하지만 할아버지는 이렇게 말이 많지 않다.

"나를 도와줄 거야?"

다시 돌아온 질문을 듣고 린타로는 살짝 고개를 갸웃거렸다.

"거절할 수는 있어?"

"있어."

즉시 얼룩고양이의 대답이 돌아왔다. 그런데 뒤를 이어

"하지만……" 하고 까칠한 목소리가 이어졌다.

"난 깊이 실망하겠지."

린타로는 쓸쓸하게 웃었다.

느닷없이 나타나 도와달라고 해놓고, 거절하면 실망할 거라고 말한다. 모든 게 이치에 맞지 않으면서도 불쾌한 기분이 들지 않는 건 얼룩고양이의 꾸밈없는 말투 때문일까?

역시 할아버지와 비슷할지도 모른다…….

린타로가 얼룩고양이를 쳐다보며 말했다.

"어떻게 하면 되지?"

"나를 따라오면 돼."

"어디로 갈 건데?"

"일단 따라와."

얼룩고양이는 슬쩍 몸을 돌리더니 소리도 없이 발길을 내밀었다. 그쪽은 해가 완전히 저문 서점의 입구가 아니라 어두컴컴한 안쪽이었다.

얼룩고양이는 린타로에게 등을 돌린 채 안쪽을 향해 거침없이 걸어갔다. 린타로는 당황하면서도 재빨리 얼룩고양이의 뒤를 따랐다. 하지만 몇 걸음도 가기 전에 기묘한 감각에 휩싸이며 현기증을 느꼈다.

나쓰키 서점은 안쪽으로 길게 이어져 있는 서점이다. 하지만 아무리 안쪽이 길다고 해도 어차피 동네에 있는 작은 고서점이라서 걸으면 즉시 안쪽의 나무 벽에 부딪힌다.

그런데 지금은 나무 벽이 나오지 않고 끝없이 이어져 있다. 중후한 책장 사이에 있는 통로가 끝없이 안쪽으로 이어져 있는 것이다.

천장에 매달린 복고풍 램프도 멀리까지 점점이 이어져서 끝이 보이지 않았다. 책장에 있는 책은 어느 순간부터 본 적이 없는 책들뿐이다. 평범한 책표지의 현대 서적만 있는 게 아니라 오래된 일본 종이로 만든 표지부터 소가죽에 금박이 박힌 훌륭한 고서에 이르기까지, 현란한 책들이 복도를 가득 메우고 있었다.

"어떻게 이런 일이……."

린타로의 입에서 의미 없는 말이 흘러넘쳤다.

그러자 얼룩고양이가 고개만 돌려서 말했다.

"기가 죽었냐, 2대? 도망치려면 지금 도망쳐."

"우리 서점에 책이 이렇게 많았나 해서 놀랐을 뿐이야."

린타로는 아득한 앞쪽을 바라본 채 중얼거린 뒤, 발밑의 얼룩고양이에게 시선을 돌리며 어깨를 들썩였다.

"이렇게 책이 많으면 한동안 즐겁게 틀어박힐 수 있겠어. 이사를 연기해달라고 고모에게 부탁해야겠는걸."

"유머 감각은 별로지만 마음만은 기특하군. 이 세상에는 이치가 통하지 않거나 부조리한 일들이 산더미처럼 쌓여 있지. 고통으로 가득 찬 그런 세계를 살아갈 때 가장 좋은 무기는 이치도 완력도 아니야. 바로 유머지."

얼룩고양이는 고대 철학자처럼 엄숙하게 말하더니 다시 조용히 걸음을 내디뎠다.

"가자, 2대."

강력한 목소리에 이끌려서 린타로도 천천히 걸음을 내디뎠다.

양쪽 책장에는 본 적이 없는 두터운 서적들이 끝도 없이 자리하고 있었다. 푸르른 빛에 감싸인 신비한 통로를 한 사람과 한 마리가 소리도 없이 걸어갔다.

이윽고 주변은 서서히 눈부신 빛으로 가득 찼다.

밝은 햇살과 바람에 살랑살랑 흔들리는 자귀나무.

푸르른 빛이 사라진 순간, 린타로의 눈에 맨 처음 들어온 것은 그런 한가로운 풍경이었다.

발밑에는 햇빛을 받고 찬란하게 빛나는 돌판이 깔려 있고, 머리 위에서는 거대한 자귀나무 가지가 바람에 흔들릴 때마다 눈부신 빛의 알갱이가 내려온다. 그 빛 아래에서 린타로는 살며시 눈을 뜨고 중얼거렸다.

"문……."

눈앞에 있는 돌계단을 몇 개 올라가자 기와지붕을 얹은 화려한 문이 자리하고 있었다. 윤기가 감도는 커다란 나무 문이 독특한 위압감을 내뿜었다. 문에는 이름이 없는 문패가 붙어 있었다. 검은 빛을 뿌리는 기와에는 가끔 나무들 사이에서 흘러넘친 빛의 알갱이가 부딪혀서 물방울처럼 반짝였다.

사방을 둘러보니 손질이 잘된 황갈색 토담이 끝없이 이어져 있었다. 토담 앞에는 나뭇잎 하나 보이지 않고, 아름답고 큼지막한 돌판이 계속 이어져서 끝이 보이지 않았다. 물론 사람은 그림자도 보이지 않았다.

발밑에서 얼룩고양이의 목소리가 들렸다.

"도착했어. 목적지야."

"여기에 책이 있어?"

"그래, 갇혀 있어."

린타로는 훌륭한 문과, 머리 위에서 무성한 잎을 매달고 있는 거대한 자귀나무를 새삼 올려다보았다. 거목의 나뭇가지에 솜털 같은 꽃이 흐드러지게 피어 있었다.

지금은 분명히 12월 한겨울이다. 어떻게 자귀나무에 꽃이 필 수 있을까? 하지만 일련의 사건이 하나같이 상식을 무시하고 있으므로, 이제 와서 아름다운 꽃에 트집을 잡는 것도 이상한 일이라고 린타로는 스스로를 타일렀다.

"굉장히 큰 저택이군. 문 하나만 해도 우리 서점 정도는 될 것 같아."

"겁먹을 것 없어. 그냥 허세일 뿐이야. 문만 크고 안채는 빈약한 인간은 세상에 널리고 널렸지."

"문도 안채도 빈약한 일개 고등학생으로선 문만이라도 빌리고 싶을 정도거든."

"그렇게 느긋하게 불평할 수 있는 것도 지금뿐이야. 책을 무사히 해방시키지 못한 경우에는 이 미궁에서 빠져나갈 수 없으니까."

갑작스러운 경고에 린타로는 말문이 막혔다.

"……그런 말을 왜 지금 하는 거지?"

"당연하지. 그런 말을 먼저 하면 따라오지 않았을 테니까. 세상엔 모르는 편이 좋은 일이 많아."

"너무하잖아……."

"너무하긴 뭐가 너무하다는 거야? 바보처럼 우울한 얼굴로 앉아 있던 너에게, 잃어버릴 건 어차피 아무것도 없잖아. 아니야?"

아무런 배려도 없는 독설이 주변에 울려 퍼졌다. 까칠한 독설가라는 말은 이런 고양이를 가리키는 것이리라.

린타로는 잠시 맑은 하늘을 올려다본 뒤, 가볍게 안경테를 만지작거리면서 중얼거렸다.

"난 동물 학대하는 걸 싫어하지만…… 네 목덜미는 잡아채서 힘껏 휘두르고 싶군."

"좋아, 그 정도 의욕은 있어야지."

얼룩고양이는 태연하게 대꾸하더니 그대로 눈앞의 돌계단을 올라갔다. 다섯 계단만 올라가면 문 앞이다. 린타로는 황급히 얼룩고양이의 뒤를 쫓았다.

"참고로, 돌아가지 못하는 경우에는 어떻게 돼?"

"글쎄, 이 기나긴 토담 앞을 끝없이 걸어 다니게 될지도 모르지만, 돌아가지 못한 적은 한 번도 없어서 실제론 어떻게 될지 몰라."

"끔찍한 얘기군."

린타로는 어이없는 표정으로 대꾸하고 거대한 나무 문 앞에 섰다.

"난 뭘 하면 되지?"

"이 저택의 주인과 이야기하면 돼."

"그리고?"

"이야기한 결과, 상대가 항복하면 그걸로 끝이야."

"겨우 그거야?"

찡그렸던 얼굴을 펴는 린타로를 보며, 얼룩고양이는 쓸데없이 엄숙하게 말했다.

"그것 말고 한 가지가 더 있어. 초인종을 눌러."

린타로는 얼룩고양이가 시키는 대로 했다.

문 안쪽에서 얼룩고양이와 린타로를 맞이한 사람은 수수한 남색 기모노로 몸을 감싼 아름다운 여인이었다.

침착한 행동거지는 이미 중년에 접어든 사람처럼 보이지만, 실제 나이는 가늠하기 힘들었다. 다만 몸을 감싸고 있는 공기는 어딘지 모르게 차갑고, 내리깐 눈에서는 감정을 읽기 힘들었다. 또한 틀어 올린 머리에 끼운 붉은색 비녀와 도자기 같은 새하얀 피부는 정교한 일본 인형을 연상케 했다.

"무슨 일이신지요?"

여인이 억양 없는 목소리로 말했다.

당황하는 린타로를 대신해 얼룩고양이가 대답했다.

"부군을 만나고 싶소."

여인은 생기 없는 눈동자를 발밑의 얼룩고양이에게 향

했다.

린타로는 한순간 조마조마했지만, 여인은 아무 일도 없었던 듯이 얼룩고양이를 보며 대답했다.

"남편은 지금 몹시 바쁩니다. 이렇게 불쑥 갑자기 찾아오시면……."

"아주 중요한 일이오."

얼룩고양이는 기죽지 않고 여인의 목소리를 가로막았다.

"더구나 급한 일이기도 하니, 어서 안내해주시오."

"중요한 용건을 가진 손님들이 매일 남편을 찾아옵니다. 하지만 남편은 TV와 라디오 출연에 강연까지, 몸이 몇 개라도 모자랄 지경이라서 이렇게 찾아오신다고 해도 만날 수 없습니다. 다음에 오시기 바랍니다."

"그럴 시간이 없소."

독특한 기백이 담긴 얼룩고양이의 목소리를 듣고, 기모노의 여인이 움직임을 멈추었다.

"이 젊은이가 책에 관해 매우 중요한 이야기를 하러 왔소. 그렇게 말하면 남편의 태도가 바뀔 거요."

얼룩고양이의 고압적인 태도에 여인은 잠시 입을 다물었다. 그리고 이내 고개를 숙이며 "잠시만 기다리세요"라고 말한 뒤 저택 안쪽으로 모습을 감추었다.

린타로는 어이없는 얼굴로 얼룩고양이를 보았다.

"누가 '매우 중요한 이야기'를 하러 왔다고?"

"사소한 것엔 신경 쓰지 마. 허세에는 허세로 대응하는 게 중요하니까. 이야기 내용은 안에 들어간 다음에 생각하면 돼."

"정말로……."

린타로는 한순간 머뭇거리고 나서 덧붙였다.

"마음 든든하네."

이윽고 조금 전의 여인이 다시 나타나 한 사람과 한 마리에게 고개를 숙였다. 여인의 억양 없는 목소리가 문 앞에서 울려 퍼졌다.

"들어오십시오."

문 안은 린타로가 한 번도 본 적 없는 대저택이었다.

가지런하게 깔린 돌판을 걸어 현관의 격자문을 열고 널찍한 바닥에서 신발을 벗었다. 윤기가 감도는 나무 복도에서 햇살이 비치는 툇마루를 거쳐, 다시 기나긴 복도를 지나 안채로 들어갔다.

복도에서는 넓은 회유식 일본 정원이 한눈에 보였다. 나뭇가지에서는 휘파람새가 재잘거리고, 단정하게 다듬어진 철쭉은 지금이 제철처럼 흐드러지게 피어 있다. 여기도 계절은 뒤죽박죽이다.

"문은 허세일 뿐, 안채는 빈약하다고 하지 않았어?"

"그냥 비유였을 뿐이야. 쓸데없는 말은 하지 마."

린타로와 얼룩고양이가 그런 말을 주고받아도, 안내하는 여인은 끼어들지 않았다.

여인을 따라가는 사이에 경치가 조금씩 바뀌면서, 일본식 저택이라고 생각했던 집이 기괴한 모습을 드러내기 시작했다.

나무로 된 복도가 돌연 대리석 계단으로 바뀌더니, 중국풍의 화려한 난간 너머에 있는 광대한 정원에는 여성의 누드 조각상이 장식된 화려한 분수가 자리하고 있었다. 대나무 숲을 그린 맹장지 앞에는 샹들리에가 빛나는 거실이 있고, 아르데코(직선을 기조로 한 장식 예술 – 옮긴이)풍의 티테이블 위에는 화려한 빛깔의 항아리가 놓여 있었다.

"머리가 쿡쿡 쑤시기 시작했어."

"나도 마찬가지야."

얼룩고양이가 웬일로 순순히 동의했다.

"전 세계 물건들이 마구잡이로 놓여 있는 느낌이야."

린타로의 말에 얼룩고양이가 선문답처럼 대꾸했다.

"뭐든지 있는 것처럼 보이면서 아무것도 없어. 철학도 사상도 취미도 없고. 겉모습은 풍요롭게 보여도 뚜껑을 열어보면 알맹이는 여기저기서 끌어온 것일 뿐, 빈곤하기 짝이 없는 모습이지."

"그렇게까지 심하게 말할 필요는 없잖아."

"사실은 사실이야. 그것도 요즘 세상에는 어디서나 흔히 볼 수 있는 사실이지."

그러자 앞에 가는 여인이 얼룩고양이의 말을 부드럽게 가로막았다.

"이 저택은 남편의 풍부한 경험과 깊은 식견으로 만들었어요. 손님에게는 아직 이해하기 어려울지도 모르겠네요."

린타로는 농담으로 여겼지만 뒤를 돌아보지 않아서 여인의 표정은 알 수 없었다. 하지만 여인의 말투에서는 가벼운 농담 같은 분위기는 털끝만큼도 느낄 수 없었다.

기묘한 긴장감이 감도는 속에서 그들은 계속 안쪽으로 들어갔다.

회랑과 계단, 구름 복도 등 걷는 거리는 보통이 아니었다. 그러는 사이에 상아 조각과 수묵화, 비너스 흉상과 일본도까지, 어떤 콘셉트인지 알 수 없는 장식품이 눈에 들어왔다. 걸어가는 방향이 불규칙하게 바뀌고 주변 풍경이

혼란스러워서, 지금 어디에 있는지 알 수 없었다.

도중에 여인이 "괜찮으세요?"라고 어깨 너머로 몇 번 돌아보았으나 린타로에게는 선택의 여지가 없었다.

"이제 와서 돌아가라고 해도, 출구까지 무사히 돌아갈 자신이 없어요."

"걱정하지 마, 2대."

얼룩고양이가 린타로를 올려다보며 가볍게 덧붙였다.

"나도 돌아갈 자신이 없으니까."

얼룩고양이는 너무나 단순한 사실을 허세를 부리며 말했다.

이윽고 기나긴 여로가 끝났다.

붉은 카펫이 깔린 복도를 지나 막다른 곳에 있는 체크무늬 맹장지 앞에서 여인은 발길을 멈추었다.

"수고하셨습니다."

여인은 그렇게 말하고 조용히 문고리를 잡았다. 다음 순간 장지문이 스르륵 열리고, 린타로는 안의 공간을 보고 눈을 크게 떴다.

벽과 바닥, 천장이 온통 하얀색으로 되어 있는 거대한 공간이었다.

하얀색이라서 원근감은 알 수 없지만 어쨌든 크기가 장

난이 아니었다. 천장은 학교 체육관만큼 높고 등 뒤의 벽을 제외한 삼면은 끝이 보이지 않아서 어느 정도 넓은지 상상도 되지 않았다.

새하얀 공간을 가득 메우고 있는 것은 가지런하게 놓여 있는 투명한 쇼케이스였다. 린타로의 키보다 큰 유리 케이스가 수십 줄이나 늘어서 있었는데, 맨 앞에 있는 한 줄조차 깊이를 가늠할 수 없을 만큼 깊었다.

하지만 린타로가 놀란 이유는 기이하리만큼 깊은 케이스 때문이 아니었다. 그 안에 들어 있는 게 전부 책이었기 때문이다.

몇 단으로 나누어진 케이스 안은 평평하게 깔린 책으로 가득 차고, 시야의 끝까지 이어져 있었다. 거대한 서고의 어디까지 책이 들어 있는지는 정확하지 않지만, 눈에 보이는 범위만 해도 상식을 벗어날 정도라는 것은 의심할 여지가 없었다.

"굉장하다……."

린타로는 유리 책장을 따라 걸으면서 압도당한 사람처럼 중얼거렸다.

책장 안에 있는 책은 분야도 시대도 제각기 달랐다.

문학, 철학, 시, 서간문, 일기 등 모든 장르의 서적이 압도적인 질과 양으로 광대한 공간을 가득 메웠다. 더구나 서적은 모두 새 책으로 보일 만큼 깨끗하고, 구겨지거나 일그러진 곳이 한 군데도 없었다. 한마디로 말해 '굉장하다'고 할 수밖에 없었다.

"이렇게 굉장한 장서는 처음 봐……."

그때 책장의 아득한 건너편에서 커다란 소리가 들렸다.

"칭찬해주셔서 영광입니다."

린타로는 재빨리 입구까지 돌아왔다. 그리고 "이쪽이야"라는 목소리에 이끌려 책장과 책장 사이를 확인하면서 걷다가, 10여 줄을 지난 곳에서 새하얀 의자에 앉은 키 큰 사내를 발견했다.

반짝반짝한 바닥과 똑같이 새하얀 양복을 입은 키가 큰 사내다. 작은 회전의자에 다리를 꼬고 앉아 무릎 위의 커다란 책에 시선을 떨구고 있었다. 사내가 앉아 있는 곳 안쪽 책장에는 아직 책이 꽂혀 있지 않았다. 즉, 그곳이 이 거대한 서고의 가장 깊은 곳이란 뜻이다.

"내 서재에 온 걸 환영하네."

사내가 가볍게 고개를 돌려 린타로를 쳐다보았다.

다정한 미소와 대조적인 날카로운 시선이 세련된 행동거지와 멋진 조화를 이루었다.

린타로는 조금 전에 들은 여인의 말을 떠올렸다. 자기 남편이 요즘 TV나 라디오에 출연한다고 했는데, 그런 일이 너무도 잘 어울리는 인물이었다.

"척 보기에도 머리가 좋아 보이는 사람 같네요."

"처음부터 기가 죽으면 어떡해? 마음 단단히 먹어!"

얼룩고양이는 주눅이 든 듯한 린타로의 중얼거림을 일축했다.

사내는 예리한 눈길로 린타로와 얼룩고양이를 힐끔 보고 나서 입을 열었다.

"'책에 관해 매우 중요한 이야기'를 하러 왔다는 사람이 자네인가?"

"네에……."

린타로가 힘없이 대답한 순간, 사내의 눈가에 분명히 알 수 있는 냉담한 빛이 번뜩였다.

"미안하지만 내가 워낙 바쁜 몸이라서 말이야. 다짜고짜 찾아와서 인사도 자기소개도 하지 않고 멍하니 서 있는 소년과 대화를 즐길 여유가 없거든."

"죄송합니다. 전 나쓰키 린타로라고 합니다."

린타로는 황급히 자세를 바로 하고 "죄송합니다"라고 다시 덧붙이며 고개를 숙였다.

"그래?"

사내는 짤막하게 대답하고 나서 날카로운 눈을 가늘게 떴다.

"그러면 중요한 이야기가 뭔지 듣도록 하지. 책에 관한 중요한 이야기라면 나도 관심이 없는 건 아니니까."

대뜸 본론을 말하라고 해도 린타로는 대답할 도리가 없다. 자기에게 중요한 이야기가 있을 리 없지 않은가. 재빨리 얼룩고양이를 쳐다보자 하얀 수염이 천천히 움직였다.

"책을 해방시켜달라고 말하러 왔다."

사내는 가늘게 뜬 눈을 한층 더 가늘게 뜨면서 얼룩고양이를 내려다보았다.

눈동자 안쪽에 무서운 위압감이 담겨 있었다.

"난 지금 말한 것처럼 매우 바쁜 몸이지. TV와 라디오 출연에 강연, 집필까지 할 일이 산더미처럼 쌓여 있어. 그렇게 바쁜 와중에 겨우 시간을 내서 세상의 모든 책을 보고 있지. 미안하지만 헛소리를 들어줄 시간은 없거든."

사내는 땅이 꺼져라 한숨을 쉬더니 여봐란듯이 손목시계에 눈을 향했다.

"이미 귀중한 시간을 2분이나 허비했군. 볼일이 끝났으면 돌아가게."

"이야기는 아직 끝나지 않았다."

그대로 물러나지 않으려는 얼룩고양이를 사내는 불쾌한 표정으로 노려보았다.

"아까도 말했지만 나는 정말 바쁜 몸이야. 읽어야 할 책이 100권이나 있는데 아직 65권밖에 읽지 못했어. 어서 돌아가게!"

"100권요? 1년에 100권이나 읽으세요?"

무심코 대꾸한 사람은 린타로였다.

"1년이 아니라 한 달이야."

사내는 연극처럼 과장스러운 동작으로 무릎 위의 책을 휘리릭 넘기며 말했다.

"그러니 얼마나 바쁘겠어? 조금이라도 도움이 될까 해서 만나봤는데, 내 착각이었군. 더 이상 내 시간을 방해한다면 힘으로 쫓아낼 수밖에 없지. 그런데 여기서 쫓아내면 너희가 출구까지 무사히 돌아갈 수 있을까? 물론 그건 내 알 바 아니지만."

마지막 한마디에는 등골이 오싹해질 만큼 차가운 빈정거림이 담겨 있었다.

무거운 침묵이 내려앉은 가운데, 사내의 책 들추는 소리만이 공간을 가득 메웠다. 얼룩고양이가 험악한 눈길로 노려보았지만 그 정도로 움찔거릴 상대가 아니었다. 사내는 마치 방문객 따위는 잊어버린 것처럼 책에서 시선을 떼지 않았다.

말도 붙일 수 없는 싸늘한 공기 속에서 린타로의 눈은 책장으로 향했다.

책장에 있는 서적은 실로 다양했지만, 바꿔서 말하면 닥치는 대로 꽂혀 있다고 할 수 있었다. 일반적인 단행본만이 아니라 잡지와 지도, 사전 등 순서와 분야에 상관없이 나열되어 있었다.

나쓰키 서점의 장서도 입이 떡 벌어질 만큼 많지만, 그곳에서는 할아버지의 철학 같은 것을 느낄 수 있었다. 반면에 눈앞의 책장은 모든 책이 꽂혀 있는 것 같으면서도 혼돈스러운 느낌을 지울 수 없었다.

다시 휘리릭 페이지가 넘어갔을 때였다.

"니체도 전부 읽으셨나요?"

린타로는 뒤쪽 책장을 보면서 그렇게 말했다. 『차라투스트라는 이렇게 말했다』를 비롯해 대표적인 저작부터 서간집에 이르기까지 니체의 명작들이 유리 케이스 안에 쭉 늘어서 있었다.

"저도 니체를 좋아하거든요."

"이 세상에 니체를 좋아한다는 사람은 손꼽을 수 없을 만큼 많지."

사내는 여전히 책에서 고개를 들지 않고 대답했다.

"그런데 정말로 그의 작품을 읽은 사람이 얼마나 될까? 몇 마디 격언이나 골자가 빠진 요약만을 보고 유행하는 코트처럼 니체를 입는 사람이 많지 않을까? 너도 그런 타입인가?"

"'책을 보기만 하는 학자는 결국 생각할 능력을 잃어버린다, 책을 보지 않을 때는 생각을 하지 않으니까'."

그 말을 듣고 사내는 천천히 책에서 고개를 들었다. 린타로가 황급히 말을 이었다.

"니체는 정말로 심술궂은 사람이었죠. 그래서 좋아하지만요."

아직 미덥지 못한 대화 상대에게 시선을 고정한 채, 사내는 얼마간 꼼짝도 하지 않았다.

이윽고 경멸과 냉담이 가득했던 눈에 흥미로움이 감돌기 시작했다.

사내의 새하얀 손이 무릎 위의 커다란 책을 덮었다.

"좋아. 조금이라면 시간을 만들어보지."

얼어붙었던 공기가 조금 녹는 듯했다.

얼룩고양이가 살짝 놀란 표정으로 린타로를 쳐다보았지만, 린타로에게는 그에 대응할 여유가 없었다. 사내가 새삼 정면으로 바라보자 무거운 압박감이 가슴을 짓눌렀기 때문이다. 린타로는 도망치고 싶은 마음을 뿌리치듯 목소리를 높였다.

"당신이 수많은 책을 가둬두고 있다고 해서 왔어요."

"남에게 들은 말로 판단해서는 안 되지. 네 눈으로 직접 확인해. 나는 다만 책을 읽고, 읽은 책을 여기에 소중히 보관하고 있을 뿐이니까."

"읽은 책이요? 여기에 있는 책을 다 읽었단 말인가요?"

"물론이지. 봐라!"

사내는 손을 내밀어 홀 같은 공간을 오른쪽 끝에서 왼쪽 끝까지 가리켰다.

"네가 들어온 입구의 책장에서부터 내가 있는 여기까지 전부 5만 7,622권이야. 오늘까지 내가 읽은 책이지."

"5만……."

말문이 막힌 린타로를 바라보며 사내가 입술 끝을 올리고 엷은 미소를 지었다.

"놀랄 것 없어. 나처럼 시대를 이끌어가는 지식인은 항상 많은 책을 읽으며 지식이나 철학을 연마해야 하니까.

다시 말해 여기에 있는 수많은 서적들이 지금의 나를 지탱하고 있다는 뜻이지. 책은 내 인생의 소중한 파트너야. 따라서 너희의 황당한 트집을 들으니 너무도 곤혹스럽군."

사내는 긴 다리를 꼬고 앉아 오만한 표정으로 린타로를 보았다. 사람을 압도하는 강한 자부심과 자신감이 무언의 압력이 되어 린타로의 온몸을 뒤덮었다.

그래도 린타로가 버틴 것은 숨 막히는 압박감보다 순수한 당혹감이 더 강했기 때문이었다.

"아무리 그래도 책을 이런 식으로 늘어놓다니……."

책장의 유리문은 닫혀 있고 손잡이에는 무거운 자물쇠가 매달려 있었다. 얼룩고양이가 말한 '책이 갇혀 있다'는 말이 정확히 무슨 뜻인지는 모르지만, 적어도 이런 식으로 책을 놔두는 사람은 아무도 없다. 아름답지만 숨이 막히는 모습이다.

린타로가 혼잣말처럼 중얼거렸다.

"부자연스러워요."

말이 끝나기도 전에 사내가 미간을 찌푸렸다.

"내게는 무엇보다 소중한 책들이야. 나는 책을 너무도 사랑하지. 소중한 보물을 보관하는데, 자물쇠를 채우는 게 뭐가 부자연스럽단 거지?"

"하지만 이러면 책이라기보다 꼭 미술품 같잖아요. 커다란 자물쇠까지 채우다니, 자기 책인데 손에 들기도 쉽지 않겠어요."

"손에 들어? 왜 그래야 하지? 이미 다 읽었는데?"

다시 미간을 찌푸린 사내를 보고 린타로는 당황함을 금할 수 없었다.

"이미 읽었다고 끝은 아니잖아요. 다시 읽는 일도……."

"책을 다시 읽는다고? 말도 안 돼! 왜 책을 다시 읽어야 하지?"

사내가 토해낸 말이 넓은 공간에 울려 퍼졌다.

하얀 양복의 사내가 기다란 손으로 유리를 만지면서 말을 이었다.

"아무 말도 못 들었나 보지? 나는 매일 새로운 책을 읽느라 정신이 없어. 매달 정해진 양을 읽는 것도 힘들지. 한번 읽은 책을 두 번 읽을 여유는 없다고!"

"한 번 읽으면 다시는 안 읽어요?"

"당연하지."

말문이 막힌 린타로를 보고 사내는 진심으로 어이없다는 듯이 머리를 좌우로 흔들었다.

"그렇게 어리석은 건 아직 어리기 때문이라고 생각하기

로 하지. 안 그러면 너와 말하면서 헛되이 보낸 3분 때문에 절망적인 기분이 들 테니까. 잘 들어. 이 세상에는 책이 헤아릴 수 없이 많아. 과거에 수많은 작품이 만들어졌고 지금도 태어나고 있지. 한 번 읽은 책을 다시 읽을 시간이 없다, 그런 뜻이야."

사내의 입에서 거침없이 쏟아진 말들이 광대한 홀에 메아리쳤다. 현기증 같은 불쾌감이 린타로의 머리를 멍하게 만들었다.

"이 세상에는 책 읽기를 좋아하는 사람이 굉장히 많아. 그리고 나 같은 사람에게 책을 더 많이 읽으라고 요구하고 있지. 1만 권 읽은 사람보다 2만 권 읽은 사람이 더 가치가 있으니까. 읽어야 할 책이 산더미처럼 쌓여 있는데, 읽었던 책을 다시 읽는 건 시간 낭비에 지나지 않아. 무슨 말인지 이제 알겠어?"

가늘게 뜬 사내의 눈에는 칼처럼 날카로운 빛이 깃들어 있었다. 광기와도 같은 압도적인 자신감에서 뿜어 나오는 빛이다.

린타로는 입을 다물고 사내를 물끄러미 바라보았다.

위축이나 공포 때문이 아니다. 단순한 놀라움 때문에 말을 잃어버린 것이다.

사내의 말이 이론적으로 틀린 것은 아니다.

한마디 한마디는 앞뒤가 맞지 않는 것처럼 보여도, 그것이 빈틈없이 맞물려 커다란 벽을 이루었다. 논리적으로는 틀리지 않고, 사내도 그것을 알고 있기에 흔들림이 없는 것이다.

'책에는 힘이 있다.'

이것은 할아버지의 말버릇이었다. 그리고 눈앞에 있는 사내도 책이 본인을 지탱하고 있다고 말했다. 책에 커다란 힘이 있다는 의미에서는 사내의 말과 할아버지의 말이 다르지 않았다.

하지만…….

린타로는 오른손으로 안경테를 만지작거렸다.

뭔가가 다르다. 사내의 말은 어딘가 일그러져 있다.

할아버지라면 평소의 침착한 목소리로 린타로의 의문에 대답해주지 않았을까.

"난 아주 바빠."

사내가 그렇게 말하며 커다란 의자를 책장 쪽으로 돌렸다. 그리고 무릎 위에서 책을 펼치며 오른손으로 입구를 가리켰다.

"돌아가."

린타로는 대꾸할 말이 없었다.

얼룩고양이도 무거운 침묵을 곱씹을 따름이었다.

사내는 린타로와 얼룩고양이에게 관심을 잃어버린 얼굴로 다시 책장을 넘기기 시작했다.

휘리릭휘리릭 메마른 소리가 거대한 홀에 메아리쳤다. 그 소리에 드르륵 하는 소리가 겹친 것은 입구의 하얀 장지문이 열렸기 때문이었다. 문 너머에는 여기에 왔을 때처럼 안내하는 사람이 보이지 않았다. 캄캄한 어둠이 문의 입구를 가득 메웠다. 순간적으로 등골이 오싹해짐을 느끼고 린타로는 가볍게 몸을 떨었다.

그때 얼룩고양이가 입을 열었다.

"생각해, 2대. 녀석이 무서운 건 그 말에 진실이 있기 때문이야."

"진실?"

"그래. 이 미궁에서 가장 강한 건 진실의 힘이지. 거기에 신념이 더해지면 아무리 일그러져 있어도 쉽게 무너지지 않아. 하지만 모든 게 진실은 아니야."

얼룩고양이가 천천히 한 걸음 앞으로 나섰다.

"약점은 반드시 있어. 녀석은 교묘하게 말을 쌓아올리고 있지만 모두 맞는 말은 아니야. 어딘가에 반드시 거짓이 있어."

"거짓이라……."

갑자기 무거운 공기가 움직이는 걸 느끼고 린타로는 입구를 돌아보았다.

거무칙칙한 어둠의 건너편에서 바람이 불고 있다. 아니, 바람이 어둠 속으로 흘러 들어오고 있다. 바람은 린타로와 얼룩고양이를 빨아들이듯 천천히 움직이더니, 시간이 갈수록 기세가 강해졌다. 바람이 흐르는 끝에 있는 것은 정체를 알 수 없는 허무의 소용돌이였다. 차가운 공기가 린타로의 등을 가로질렀다.

눈길을 돌리자 사내는 아무 일도 없었던 것처럼 책에 몰두하고 있었다. 이제 거의 다 읽었는지, 커다란 책의 마지막 부분에 접어들었다. 아마 다 읽은 책은 이 혼돈스러운 서고를 장식하는 새로운 책이 되어 반짝이는 유리 케이스 안에 들어가리라. 문에는 자물쇠가 채워지고 두 번 다시 손에 드는 일은 없다.

그렇다, 책은 여기에 갇혀 있다.

바람이 신음을 내는 것과 동시에 얼룩고양이가 무슨 말인가 했지만 린타로는 대답하지 않았다. 다만 시야를 가득 메운 엄청나게 많은 책을 바라보았다.

이윽고 린타로의 입에서 작은 중얼거림 같은 목소리가 새어나왔다.

"거짓이라면 분명히 있어……."

순간 사내의 어깨가 움찔거렸다.

"거짓은 분명히 있어요!"

다시 확실하게 말했을 때, 사내가 천천히 고개를 돌려 린타로를 보았다. 사내의 쏘는 듯한 눈을 보아도 린타로는 주춤거리지 않았다.

"당신은 거짓말을 하고 있어요. 조금 전에 책을 사랑한다고 했죠? 하지만 그건 사실이 아니에요."

사내가 부자연스러울 만큼 빨리 대꾸했다.

"재미있는 말을 하는군, 소년. 내 노여움을 사기 전에 저 거슬리는 고양이를 데리고 어서 돌아가."

린타로는 힘을 주어 거듭 말했다.

"당신은 책을 사랑하는 게 아니에요!"

주춤거리지도 않고 자신을 뚫어지게 쳐다보는 린타로를 보고 사내는 조금 당황한 듯했다.

"무슨 근거로……."

"보면 알아요."

린타로의 목소리는 생각 밖으로 강력하게 울려 퍼졌다.

린타로도 스스로의 목소리에 놀랐지만 그 후에도 말이 자
연스럽게 흘러나왔다.

"여기엔 분명히 책이 엄청 많아요. 책의 종류도 많고 분
야도 다양하며 지금은 거의 볼 수 없는 귀중한 고서도 있
죠. 하지만 그것뿐이에요."

"무슨 뜻이지?"

"예를 들어 이 열 권짜리 『다르타냥 이야기』를 보세요."

린타로는 오른쪽 책장에 쭉 늘어서 있는 아름다운 장정
의 열 권짜리 책을 가리켰다. 하얀 바탕에 금박이 박힌 우
아한 표지에 강력한 제목이 눈에 띄었다. 알렉상드르 뒤마
가 쓴 일대 장편이 떡하니 자리를 차지하고 있었다.

"이렇게 한꺼번에 볼 기회는 거의 없지만, 열 권 모두 펼
쳐본 흔적이 없어요. 이 거대한 책은 아무리 조심해서 읽
어도 접힌 자국 정도는 있어야 돼요. 하지만 지금 막 나온
새 책처럼 너무나 깨끗해요."

"책은 내게 소중한 보물이야. 더러움이 묻지 않게 소중
하게 읽고, 읽은 다음에 여기에 넣어놓는 게 나의 일상적
인 습관이자 즐거움이지."

"그렇다면 왜 11권이 없죠?"

그 말에 사내의 눈썹이 약간 꿈틀거렸다.

"『다르타냥 이야기』는 전부 11권이에요. 그런데 마지막 권인 '검이여 잘 있거라'가 없잖아요."(『다르타냥 이야기』는 『다르타냥 로망스(d'Artagnan Romances)』의 일본어판으로 총 3부로 이루어져 있다, 1부는 '삼총사'(2권), 2부는 '20년 후'(3권), 3부는 '브라즐론 자작 10년 후'(6권)이며 일본에서는 각각의 부제를 달며 11권으로 출간되었다 – 옮긴이)

사내는 입을 다문 채 조각처럼 움직이지 않았다.

린타로는 다시 오른쪽을 가리켰다.

"저기 있는 로맹 롤랑의 『장 크리스토프』도 상하권이 모두 있는 것처럼 보이지만, 본래 3권이니까 중권도 있어야 해요. 여기 있는 『나니아 연대기』도 '말과 소년' 편이 없고요. 책은 보물이라고 말하는 것치고는 상당히 어정쩡하게 넣어놨네요. 이 책장엔 뭐든지 있는 것처럼 보이지만 자세히 보면 엉망진창이에요."

린타로는 담담하게 말하며 광대한 홀의 천장을 올려다보았다.

어느새 바람의 흐름이 약해졌다.

"여기는 소중한 책을 꽂아두는 책장이 아니에요. 그저 당신이 가지고 있는 책을 과시하기 위한 쇼케이스에 불과하다고요."

린타로는 잠시 말을 멈춘 뒤, 상대를 똑바로 쳐다보면서 덧붙였다.

"책을 진심으로 사랑하는 사람은 이런 식으로 대하지 않아요."

린타로의 머릿속에 조용히 책장을 넘기는 할아버지의 옆얼굴이 떠올랐다.

소중한 책이 닳을 때까지 몇 번이고 읽으며 책의 이야기 속에 편안히 몸을 누이면서 만족스럽게 미소를 짓는 할아버지의 모습이다.

할아버지는 서점의 책을 매우 소중히 대했는데, 목적은 장식이 아니었다. 할아버지가 만든 건 아름답고 화려한 공간이 아니라 조금은 낡고 오래되어도 손질이 잘된 책장, 자신도 모르게 손을 내밀고 싶어지는 책장이었다. 그리하여 린타로는 수많은 책을 읽을 수 있었다.

그런 책장을 지키면서 어느 날 할아버지가 이렇게 말했다.

"책을 많이 읽는 건 좋은 일이야. 하지만 착각해서는 안 되는 게 있어."

린타로는 사내를 향해 할아버지의 말을 따라했다. 그 말을 듣고 하얀 양복의 사내가 입을 다문 채 몸을 움찔거렸다. 팽팽한 긴장과 정적 속에서 린타로는 할아버지의 말을 떠올리며 말을 이었다.

"책에는 커다란 힘이 있어. 하지만 그건 어디까지나 책의 힘이지 네 힘은 아니야."

상당히 오래전의 일이다.

린타로가 툭하면 학교에 가지 않고 오직 서점에 틀어박혀 책을 읽고 또 읽었던 때의 이야기다. 학교에 염증을 느꼈던 린타로는 책의 벽 안에 틀어박혀, 점차 바깥 세계에 관심을 잃고 활자의 세계에만 몰입했다. 말수가 없던 할아버지는 그런 손자를 바라보며 웬일로 말을 걸었다.

"무턱대고 책을 많이 읽는다고 눈에 보이는 세계가 넓어지는 건 아니란다. 아무리 지식을 많이 채워도 네가 네 머리로 생각하고 네 발로 걷지 않으면 모든 건 공허한 가짜에 불과해."

할아버지는 어려운 말을 이해하지 못해 고개를 갸우뚱거리는 손자를 따뜻한 눈길로 바라보았다.

"책이 네 대신 인생을 걸어가 주지는 않는단다. 네 발로 걷는 걸 잊어버리면 네 머릿속에 쌓인 지식은 낡은 지식으로 가득 찬 백과사전이나 마찬가지야. 누군가가 펼쳐주지 않으면 아무런 쓸모가 없는 골동품에 불과하게 되지."

할아버지는 손자의 머리를 다정하게 어루만지며 덧붙

였다.

"너는 단순히 머리만 큰 지식인이 되고 싶니?"

할아버지의 말에 뭐라고 대답했는지는 기억나지 않는다.

다만 그로부터 얼마 후에 다시 학교에 다니기 시작한 것은 사실이었다.

그 후에도 종종 책의 세계에 틀어박히는 손자를 보고, 할아버지는 항상 느긋하게 차를 마시면서 말했다.

"책을 읽는 건 참 좋은 일이야. 하지만 다 읽고 나면 자기 발로 걸음을 내디뎌야 하지."

그건 과묵한 할아버지가 사랑하는 손자에게 할 수 있는 최대한의 조언이 아니었을까. 린타로는 새삼 그렇게 생각했다.

하얀 양복의 사내가 갑자기 입을 열었다.

"그래도 난 수많은 책을 쌓아올리고, 그 덕분에 현재의 지위를 쌓았어. 더 많은 책은 더 큰 힘을 낳는 법이지. 나는 그 힘을 가지고 여기까지 왔다."

"그래서 일부러 자물쇠를 채워, 마치 책의 힘이 자기 힘인 양 과시하고 있군요."

"뭐라고?"

"나는 훌륭하다, 이렇게 책을 많이 읽었다고 사람들에게 알리기 위해, 일부러 거창한 쇼케이스를 준비한 것이 아닌가요?"

"닥쳐!"

사내는 이미 유유자적하게 발을 꼬고 있지 않았나. 무릎 위에 펼친 책에는 눈길도 주지 않고 험악한 눈길로 린타로를 노려보았다.

"너 같은 애송이가 뭘 알아?"

사내의 이마에는 어느새 작은 땀방울이 송골송골 맺혔다.

"한 권을 열 번 읽는 사람보다 열 권을 읽는 사람이 존경받는 세상이야. 사회에서 중요한 건 책을 많이 읽었다는 사실이지. 책을 많이 읽을수록 사람들을 매료시키고 끌어당길 수 있으니까. 내 말이 틀려?"

"틀린지 맞는지는 잘 모르겠어요. 제가 하고 싶은 말은 그게 아니니까요."

"뭐야?"

사내의 얼굴에 당혹스러움이 번져 나갔다.

"사회가 무엇을 원하는지 어떤 사람이 존경을 받는지, 전 그런 이야기를 하는 게 아니에요."

"그럼 무슨 얘기를 하는 거지……?"

"저는 단지 당신이 책을 사랑하지 않는다고 말했을 뿐

이에요. 당신은 자기 자신을 사랑할 뿐 책을 사랑하지 않아요. 아까도 말했잖아요. 책을 사랑하는 사람은 책을 이런 식으로 대하지 않는다고요."

또다시 정적이 하늘하늘 춤을 추며 내려왔다.

사내는 무릎 위의 책에 손을 올려놓은 채 망연한 표정을 지었다. 그토록 오만불손하게 보였던 사내가 지금은 한 뼘쯤 작게 보였다.

희미하게 흔들렸던 바람도 멈추고 완벽한 정지 상태가 이어졌다. 뒤를 돌아보자 활짝 열려 있던 장지문도 어느새 닫혀 있었다.

"자네는……."

시간이 얼마나 지났을까? 상당히 오랜 시간이 지난 뒤, 사내는 무슨 말을 하려다 다시 입을 다물었다. 그리고 오랜 침묵 끝에 겨우 해야 할 말을 찾은 것처럼 말을 토해냈다.

"자네는 책을 좋아하나?"

린타로가 당황한 것은 갑작스러운 질문 때문이 아니었다. 사내의 시선에서 진지한 빛을 발견했기 때문이었다. 조금 전까지 보았던 차갑고 강압적인 태도와 달리, 사려와 고독과 적막감이 깃든 깊은 빛이었다.

"그래도 자네는 책을 좋아하나?"

'그래도'라는 한마디에 사내의 수많은 생각이 담겨 있었다. 그 수많은 생각을 충분히 이해하기 때문에 린타로는 확실히 대답할 수 있었다.

"좋아해요."

"나도 그렇다."

사내의 목소리가 한결 부드러워진 것처럼 들렸다. 살을에는 듯한 차가운 느낌은 자취를 감추고 고귀한 느낌마저 들었다.

린타로가 숨을 들이마신 순간, 바람이 부는 듯한 메마른 소리가 들렸다.

주변을 둘러보자 거대한 홀에 변화가 나타났다.

숨 막히는 위용을 자랑했던 거대한 쇼케이스들이, 마치 세찬 바람에 모래성이 무너지듯 한쪽에서부터 천천히 무너지기 시작했다. 그와 동시에 새가 날갯짓을 하듯 책장에 진열되어 있던 책이 한 권씩 날아올랐다.

"나도 책을 좋아하지."

하얀 양복의 사내는 허벅지 위에 펼쳤던 책을 조용히 덮은 뒤 옆구리에 끼고 일어섰다. 그런 와중에도 눈앞의 책장은 바람에 휘말리며 무너지고, 수많은 책들은 철새들처럼 날갯짓하며 허공으로 올라갔다. 어느새 눈에 닿는 곳은 허공으로 날아 올라간 책들로 뒤덮였다.

사내가 우두커니 서 있는 린타로를 조용히 바라보았다.

"참 가차 없이 말하는군."

"저는 그냥……."

사내는 가볍게 오른손을 들어 린타로의 말을 막고, 쓸쓸하게 웃으며 옆을 보았다.

"골치 아픈 손님을 들여보냈군."

흠칫 놀라 쳐다보자 사내의 옆에는 어느새 기모노 차림의 여인이 서 있었다. 처음에 저택을 안내해준 여인이다. 그때는 가면처럼 표정이 없었지만 지금은 살포시 미소를 짓고 있었다.

"돌아가는 길은 걱정하지 말게. 안내해주지 않아도 돌아갈 수 있으니까."

책의 날갯짓 소리 사이로 사내의 목소리가 들렸다.

책장에 있던 대부분의 책은 이미 바람에 날려 사라졌다. 주변에는 희미한 빛이 넘치고 끝없이 이어지는 책의 날갯짓이 사방을 새하얗게 메웠다.

사내가 손목시계를 보았다.

"꽤 오랜 시간이었지만 한 번도 맛보지 못한 귀한 시간이었다. 고맙구나."

사내는 미소를 지으며 여인이 내민 하얀 모자를 받았다. 그리고 "그럼……" 하고 한마디를 하더니 모자를 쓰고는 천천히 등을 돌렸다.

사내의 옆에서 여인이 린타로를 향해 고개를 숙인 순간, 주변은 하얀 빛으로 가득 찼다.

다음 날 아침 7시, 안쪽 부엌에서 아침식사를 마친 린타로는 서점 앞에 서서 문을 열었다.

서점의 불을 켜고 창문에 내려져 있던 블라인드를 올린 뒤 공기를 환기시켰다. 겨울의 투명한 바깥 공기가 서점 안의 가라앉은 공기를 기분 좋게 밀어냈다. 입구의 돌계단을 가볍게 빗자루로 쓸고 서점 안으로 들어온 뒤에 먼지떨이로 책장의 먼지를 털었다.

모두 예전에 할아버지가 했던 일이다.

매일 아침 학교에 갈 때마다 보았던 광경이지만, 린타로가 직접 하는 것은 오늘이 처음이었다. 책은 정리해도 서점을 청소한 적은 한 번도 없었다.

마음속에서는 '지금 뭐 하지?' 하고 고개를 갸웃거리는 목소리가 들렸다. 한편으로 '아무렴 어때?' 하고 가볍게 웃어넘기는 목소리도 들렸다. 양쪽 모두 린타로 자신의 목소리다. 실제로 무엇을 하고 있는지 스스로도 잘 모르겠다. 린타로는 아무것도 모르는 채 투명한 아침햇살 밑에서 새하얀 숨결을 토해냈다.

어제까지만 해도 우울한 얼굴로 책장을 올려다보았는데, 왜 갑자기 청소할 마음이 들었을까? 끊임없이 생각하는 린타로의 머릿속에서 어제 일어났던 신비한 사건이 소용돌이쳤다.

"훌륭하게 해냈다, 2대."

굵은 목소리로 나지막하게 말한 것은 아름다운 털을 자랑하는 얼룩고양이였다.

책장 사이에 있는 긴 복도를 걸으며 얼룩고양이가 비취색 눈을 가늘게 뜨고 웃었다. 그 모습을 보고 린타로는 형용할 수 없는 기묘한 표정을 지었다.

"왜 그래?"

"지금까지 칭찬을 받은 적이 별로 없거든."

"겸손한 건 좋은 일이야. 하지만 도가 지나치면 단점이 되지."

얼룩고양이는 위대한 사상가처럼 대답했다. 그러더니 소리도 없이 걸음을 내디디며 말을 이었다.

"네 말이 상대를 움직인 건 사실이야. 그래서 수많은 책을 해방시키고 이렇게 돌아올 수 있었지. 네가 그렇게 말하지 않았으면 우리는 지금쯤 돌아오지 못한 채, 그 이상한 저택 안에서 정처 없이 헤매고 있었을 거야."

말투는 태연했지만 섬뜩한 내용이었다. 린타로가 물끄러미 쳐다보자 얼룩고양이의 비취색 눈가에 옅은 미소가 감돌았다.

"아주 잘해냈어. 일단 첫 번째 미궁은 무사히 돌파했군."

린타로는 "어쨌든 고마워"라고 말한 뒤, 고개를 살짝 기울이며 얼룩고양이를 쳐다보았다.

"첫 번째 미궁?"

"아무것도 아니야. 신경 쓰지 마."

그런 대답이 돌아왔을 때는 이미 나쓰키 서점의 한가운데에 서 있었다. 얼룩고양이는 슬쩍 린타로 옆을 지나쳐서 안쪽의 벽으로 걸어갔다.

"잠깐만 기다려. 신경 쓰지 말란다고 어떻게 신경을 안 써? 너는 대체……."

"얼룩고양이의 얼룩이라고 했잖아. 이름 정도는 기억해야지."

얼룩고양이는 유쾌하게 웃으면서 어깨 너머로 돌아보았다.

"예상외로 훌륭하게 해내더군."

"그런 말로 얼버무리지 말고……."

그렇게 말하는 도중에 통로 자체가 새하얀 빛 속으로 녹아 들어가고, 정신을 차리자 린타로는 투박한 나무 벽 앞에 혼자 서 있었다.

그로부터 하루가 지났지만 지금도 꿈을 꾸는 듯한 심정이다.

'훌륭하게 해냈다고……?'

얼룩고양이의 나지막한 목소리가 지금도 귀의 안쪽에 남아 있다.

그런 식으로 누군가로부터 칭찬을 받은 적은 한 번도 없었다. 무기력하다고 비웃음을 사고 음침하다고 손가락질 받는 일이라면 익숙하지만, 이렇게 정면으로 칭찬을 받으니 왠지 조바심이 났다. 그래서 어두컴컴한 서점에 불을 켠 뒤 먼지떨이를 들고 청소라도 하기로 했다.

청소가 대강 끝났을 즈음, 도어벨 소리가 들렸다. 린타로는 재빨리 입구를 돌아보았다. 문을 살며시 열고 조심스럽게 서점 안을 들여다본 사람은 어제 알림장을 가져다주었던 반장인 유즈키 사요였다.

빨간 머플러를 둘둘 감은 사요는 이상한 표정을 지으며

멍하니 서 있는 린타로를 보더니 이마를 찡그렸다.

"뭐 해?"

"뭐 하냐니……."

당황하면서도 가만히 생각해보자 그것은 린타로가 해야 할 질문이었다.

"너야말로 아침 일찍부터 웬일이야?"

사요는 왼손에 있는 검은색 악기 케이스를 들어 올리며 말했다.

"난 관악부 아침 연습. 지나가다 보니까 닫혀 있어야 할 나쓰키 서점 문이 열려 있어서 들여다본 것뿐이야."

그리고 새하얀 숨을 토해내면서 가볍게 문턱을 넘어오 더니 두 손을 허리에 대고 덧붙였다.

"아침부터 서점을 청소할 여유가 있다는 건, 오늘부터는 학교에 나온다는 거지?"

"그게 아니라……."

"아니긴 뭐가 아니야? 청소할 시간이 있으면 학교에 나와. 곧 이사 간다고 남은 수업을 전부 안 나오겠다니, 학생 이 그래도 돼? 넌 아직 고등학생이라고."

"그건 그렇지만."

뜨뜻미지근한 린타로의 태도를 보고 사요의 눈길이 험

악해졌다.

"너 말이야, 우울해 보이는 동급생 집에 알림장을 가져다줘야 하는 내 처지도 생각해봐. 내가 이래 봬도 얼마나 신경을 쓰는지 알아?"

그 말을 듣자 어제 가져다준 노트에 대해 아직 감사 인사를 안 했다는 사실이 떠올랐다.

린타로가 황급히 "어제는 고마웠어"라고 말하자 사요는 뜻밖에 당황한 표정을 지었다.

"왜 그래? 내가 이상한 말이라도 했어?"

"왜 사람을 놀라게 하고 그래? 어제는 그렇게 귀찮아하더니, 오늘은 갑자기 고맙다고 하고……."

"귀찮아 하지 않았어. 난 그냥 네가 기분이 나쁜 것 같아서……."

"내가 기분이 나쁜 것 같았다고?"

사요는 눈을 동그랗게 뜬 채 발끈하며 소리쳤다.

"그런 적 없거든! 다만 네가 걱정됐을 뿐이라고."

"걱정됐다고?"

린타로는 고개를 갸웃거리고 나서 검지를 자신에게 향했다.

"내가?"

사요가 린타로를 가볍게 노려보았다.

"당연하지. 할아버지께서 돌아가시자마자 이사를 간다니 정말 힘들겠다 싶어서 얼마나 걱정했는지 알아? 그런데 아키바 선배와 시시덕거리며 잡담이나 하고 말이야. 걱정했던 내가 바보 같더라."

린타로는 마음속으로 감탄했다.

사람은 겉만 보고는 모르는 법이다. 사요야말로 자기 때문에 귀찮을 것이라고 멋대로 생각했다. 입으로는 걱정한다고 해도 그저 인사말에 불과하리라고 별 생각을 하지 않았다. 하지만 실제로는 자신의 생각과 달랐다.

곤혹스러워하는 린타로를 어이없는 표정으로 바라보더니, 사요는 갑자기 목소리를 낮추며 조심스럽게 말했다.

"내 태도가 그렇게 안 좋았어?"

린타로가 대답을 하지 못한 건 갑작스러운 질문에 당황했기 때문이 아니다.

눈에 익은 동급생의 밝은 눈동자가 너무도 아름답고 신비하다는 사실을 깨달았기 때문이었다. 생각해보니 같은 동네에 살면서도 이렇게 정면으로 마주 보고 말한 적은 거의 없었다.

"뭐야? 내 태도가 정말로 그렇게 심했어?"

"……그런 건 아니야."

"나쓰키 너, 거짓말은 젬병이구나?"

사요처럼 상큼하게 되받아치고 싶었지만 린타로의 머릿속에서는 재치 있는 대답이 떠오르지 않았다. 다만 여느 때처럼 오른손으로 안경테를 만지작거리고 나서 어색하게 서점 안쪽을 가리켰다.

"저기에 할아버지의 홍차 세트가 있는데, 시간 있으면 한 잔 줄까?"

스스로 생각해도 얼빠진 말이란 걸 알고, 린타로는 마음속으로 한숨을 쉬었다. 그래도 그의 어정쩡한 배려에 쾌활한 여학생은 부드럽게 미소를 지었다.

"뭐야? 지금 나한테 작업 거는 거야?"

"그건 너무 앞서 나갔어."

"알림장을 가져다준 것에 대한 인사치고는 너무 싼 거 아니야?"

시원하고 상큼한 대답이었다. 사요는 그대로 가볍게 걸어가서 둥근 의자에 털썩 주저앉았다.

"하지만 노력은 높이 평가해줄게."

"고마워."

린타로가 안도의 한숨을 내쉬는 걸 보고 사요가 재빨리

말했다.

"다르질링 한 잔 부탁해. 설탕 듬뿍 넣어서!"

한겨울에 느닷없이 봄이 찾아온 듯한 밝은 목소리가 서점 안에 울려 퍼졌다.

두 번째 미궁
'자르는 자'

린타로에게 할아버지는 매우 기이한 사람이었다.

자신이 사는 세계와는 조금 다른 세계에 사는 듯한 과묵하고 조용한 노인, 무슨 생각을 하는지 알 수 없으면서도 항상 올바른 판단을 내리는 현자 같은 사람.

아침 6시에 일어나 6시 반에 식사를 마친 뒤, 7시쯤 린타로와 본인의 점심 도시락을 만들고 서점 문을 연다. 서점의 공기를 환기시키고 입구 화분에 물을 준 다음 마지못해 등교하는 린타로를 내보내고 나면, 그다음은 린타로가 돌아오는 저녁때까지 고서의 바다에서 꼼짝도 하지 않는다.

이런 일련의 흐름은 마치 태고 때부터 이 땅을 기름지게 만든 거대한 바다처럼 멈추지 않고 계속되어 왔다. 이

왜소한 노인은 평생 작은 고서점 안에서 지낸 듯한 풍격을 가지고 있었지만 실은 그렇지 않다.

할아버지의 입으로 들은 적은 없지만 예전에 모 대학에서 상당히 높은 지위에 있었다는 이야기를 서점의 오랜 단골손님으로부터 들은 적이 있다.

그런 말을 해준 사람은 하얀 수염을 기르고, 항상 세련된 끈 넥타이를 맨 노신사였다. 가끔 서점에 와서 두꺼운 문학서나 외국 서적을 사가는 인물인데, 예전에 할아버지와 같이 일한 적이 있다고 했다.

"네 할아버지는 아주 훌륭한 분이야."

노신사는 누런빛을 뿌리는 램프 밑에서 자신을 올려다보는 린타로의 머리를 어루만지며 그렇게 말했다.

린타로가 아직 중학생 때였을까. 할아버지는 어딘가에 외출해서 없었고, 린타로 혼자 서점을 지켰을 때였다.

"네 할아버지는 세상의 혼란스러운 문제를 조금이라도 좋게 해결하려고 최선을 다했지. 모든 힘을 다하고 뼈를 깎는 노력을 하면서 성실하게 일했단다."

노신사는 십자가가 그려진 화려한 책 표지를 사랑스럽게 어루만지면서 그리운 옛날 이야기라도 하듯 그렇게 말했다.

"하지만 말이야."

노신사는 잠시 말을 끊고 책장을 바라보더니 한숨을 쉬었다.

"결국 힘이 부족해 뜻을 이루지 못한 채 사회의 무대에서 퇴장했지."

'사회의 무대'라는 말이 할아버지의 이미지와 어울리지 않아서 린타로는 살짝 놀란 표정을 지었다.

"저희 할아버지는 어떤 일을 하려고 했나요?"

노신사는 다정한 미소를 지으며 대답했다.

"할아버지는 대단한 일이 아니라 당연한 일을 하려고 했을 뿐이야. 거짓말을 해서는 안 된다, 약한 자를 괴롭혀서는 안 된다, 어려움에 처한 사람에게는 도움의 손길을 내밀어야 한다……."

린타로는 고개를 갸우뚱거렸다. 그러자 노신사는 씁쓸하게 웃으며 깊게 한숨을 내쉬었다.

"지금 세상은 당연한 일이 당연하지 않게 돼버렸어. 다시 말해 당연하지 않은 게 당연하게 돼버린 거야. 교묘하게 거짓말을 하고 약한 자를 발판 삼아 올라서며 어려움에 처한 사람을 이용해 많은 걸 얻어내려고 하지. 그런 일을 해도 아무도 그만두라고 말하지 않고 말이야."

"그런데 저희 할아버지는……?"

"그래, 그만두라고 말했단다. 그런 일을 해서는 안 된다고 끈질기게 설득했지. 하지만 아무것도 바뀌지 않았어."

노신사는 그렇게 말하며 정교한 유리 예술품이라도 만지듯 세심한 손길로 커다란 서적을 계산대 위에 놓았다. 제임스 보즈웰(James Boswell, 영국의 전기 작가 – 옮긴이)의 『새뮤얼 존슨의 생애』 2권이었다.

"3권도 있니?"

"있어요. 좌측 안쪽의 위에서 2단째, 아마 볼테르의 옆에 있을 거예요."

"흐음……."

노신사는 미소와 함께 고개를 끄덕이면서 린타로가 말한 책장에서 책을 꺼내왔다.

"그럼 할아버지는 결국 그 일이 잘되지 않아서 대학을 그만두고 이런 작은 책방을 하는 거예요?"

"사실로서는 학생 말이 맞지만 뉘앙스는 좀 다르단다."

눈을 동그랗게 뜬 린타로를 바라보며 노신사는 다정한 미소를 지었다.

"할아버지는 단지 꼬리를 감추고 대학에서 도망친 게 아니야. 포기한 것도, 내던진 것도 아니고. 단지 방법을 바꾸었을 뿐이지."

"방법요?"

"할아버지는 여기에 멋진 고서점을 열었어. 매력적인 책을 한 사람이라도 많은 사람에게 전하기 위해서. 이렇게 하면 일그러진 모습이 조금이라도 올바른 모습으로 돌아온다는 신념을 가지고 말이야. 그게 네 할아버지가 선택한 새로운 방법이란다. 화려한 길은 아니지만 할아버지다운 기개 넘치는 선택이었다고 할 수 있지."

자세하게 설명하던 노신사는 이내 쓴웃음을 지었다.

"아직 중학생에게는 조금 어려운가?"

린타로도 너무 어려운 말이라고 생각했다.

하지만 지금은 뭔가가 조금 보이는 듯한 생각이 들었다.

무엇이 보이느냐고 물으면 대답하기 힘들다. 하지만 지난 며칠간 서점을 청소하는 사이에 과묵한 할아버지와 나쓰키 서점이라는 작은 서점의 연결고리가 조금씩 눈에 보이기 시작했다.

책장의 먼지를 털고 빗자루로 문 앞을 쓸기까지, 청소는 단조로우면서 의외로 시간이 많이 걸린다. 하지만 그렇기 때문에 할아버지가 그동안 얼마나 세심하게 신경을 쓰면서 인내심 있게 서점을 유지해왔는지 알 수 있었다.

린타로는 먹먹한 마음으로 서점 안을 둘러보았다.

한 시간에 걸쳐 아침 청소를 마친 서점 안에는 격자문을 통해 단책(短冊, 글씨를 쓰거나 물건에 매다는 데 쓰는 조붓한 종이 – 옮긴이) 모양의 겨울 햇살이 들어와 매끄러운 나무 바닥에 빛을 안겨주었다. 문 밖에서 들리는 밝은 재잘거림은 동아리 활동을 하러 가는, 린타로와 같은 고등학교 학생들의 목소리이리라. 밝은 웃음소리가 투명한 냉기와 함께 서점 안으로 흘러 들어왔다.

가슴을 설레게 만드는 기분 좋은 공기를 뚫고 나지막한 소리가 들렸다.

"너무 느긋한 거 아니야? 학교는 어떻게 할 거야, 2대?"

린타로는 스스로도 이상하게 여길 만큼 놀라지 않았다. 먼지떨이를 어깨에 올려놓은 채, 서점 안쪽을 향해 빙글 몸을 돌렸다.

책장 사이에 있는 길고 좁은 복도 안쪽에 어느새 아름다운 털을 자랑하는 얼룩고양이가 앉아 있었다. 얼룩고양이의 등 뒤에는 본래 있어야 할 나무 벽이 사라지고, 아득한 너머까지 푸르른 빛에 감싸인 책장이 이어져 있었다.

린타로는 얼룩고양이를 보며 씁쓸하게 웃었다.

"'어서 오세요' 하고 말하고 싶지만, 서점에 올 때는 되도록 입구로 오지 않을래? 네가 있는 그쪽은 입구가 아니라 벽이거든."

"의외로 놀라지 않는군, 2대."

얼룩고양이가 특유의 나지막한 목소리로 밀했다.

비취색 눈동자에 이지적인 빛이 반짝이고 있었다.

"좀 더 당황해야 나도 나오는 보람이 있잖아."

"'첫 번째 미궁'이란 말이 계속 마음에 걸렸거든. 첫 번째가 있으면 두 번째가 있을 게 뻔하잖아."

"예리한 통찰력이군. 좋아, 설명할 시간이 줄어서 다행이야."

"설명?"

"두 번째 미궁으로 가야 돼. 도와주기 바란다."

"설마……."

린타로는 안쪽 통로를 흘깃 보고 나서 덧붙였다.

"또 책을 구해달라는 말이야?"

린타로의 조심스러운 질문에 얼룩고양이는 과장스럽게, 그리고 더할 수 없이 거만하게 대꾸했다.

"정답이야."

이 세상 어느 곳에 전 세계의 책을 모아 싹둑싹둑 잘라버리는 남자가 있다.

남자는 수많은 서적을 모아 오만방자한 모습으로 거침없이 잘라버린다고 한다.

"이대로 내버려둘 수는 없어."

린타로는 옆의 둥근 의자에 걸터앉아 안경테를 만지작거렸다. 그리고 잠시 입을 다문 채 손가락 사이로 얼룩고양이를 쳐다보았다.

"왜 그래? 아무리 내 얼굴을 노려보아도 사태는 좋아지지 않아. 네가 가느냐 마느냐, 모든 건 거기에 달렸지."

"예전보다 더 강압적이군."

"그러지 않으면 넌 움직이지 않으니까. 편하게 말해도 움직이는 사람이라면 내가 고생할 일은 없겠지."

얼룩고양이의 비취색 눈동자가 한층 깊은 빛을 뿌렸다.

린타로는 다시 말없이 생각한 끝에 이윽고 한숨을 토해내듯 대답했다.

"알았어. 또 너를 따라가면 돼?"

예상 밖으로 순순히 대답하자 얼룩고양이가 눈을 가늘게 뜨며 흥미로운 표정을 지었다.

"이렇게 순순히 대답하니까 이상하잖아? 워낙 우유부단한 녀석이라 또 이런저런 핑계를 대지 않을까 걱정했는데."

"어떤 일인지는 모르지만 할아버지께서 그러셨어. 책은 소중히 해야 한다고. 사람을 구하는 건 내가 할 일이 아니지만 책을 구하는 거라면 도와줄 수 있어."

얼룩고양이는 비취색 눈을 크게 뜬 다음, 다시 가늘게 뜨며 고개를 끄덕였다.

"좋아."

얼룩고양이의 입가에 살짝 미소가 감돈 것처럼 보였으나 확실하지는 않다. 린타로가 그것을 확인하기도 전에 도어벨에서 '띠링' 하고 맑은 소리가 났기 때문이다. 뒤를 돌아보자 격자문 너머에서 생각지도 못한 침입자의 얼굴이 보였다.

"나쓰키, 아직 살아 있어?"

쾌활한 목소리로 그렇게 말한 사람은 반장인 유즈키 사요였다. 시계를 보니 아침 7시 반. 관악부 아침 연습을 하러 가는 참이리라. 린타로는 당황함을 감출 수 없었다.

"뭐야, 여자친구야?"

"조용히 해."

사요가 나쓰키 서점에서 홍차를 마시고 간 것은 이틀 전의 일이다.

그다음 날부터 학교에 나오라고 했지만 린타로는 모호

하게 대답하고는 결국 행동으로 옮기지 않았다. 요컨대 계속 서점에 틀어박혀 있었다. 이제 와서 학교에 갈 마음은 전혀 없지만 그래도 사요를 보면 주눅이 들 수밖에 없었다.

그런 미묘한 상황 속에서 평일 이른 아침부터 얼룩고양이와 말하는 것을 보기라도 하면 곤란하다.

"무, 무슨 일이야?"

"무슨 일은 무슨 일이야?"

사요는 가볍게 눈썹을 모으더니 멋대로 서점 안으로 들어왔다. 당황하는 린타로의 귀에 얼룩고양이의 나지막한 목소리가 들렸다.

"걱정하지 마, 2대. 특수한 조건을 갖춘 사람이 아니면 내 모습을 볼 수 없으니까. 태연한 얼굴로 있으면 문제될 건 하나도 없어."

그런 목소리를 반신반의로 흘려듣는 사이에 사요의 맑은 목소리가 들렸다.

"결국 어제도 학교에 안 왔잖아. 보아하니 오늘도 안 올 생각이군."

"꼭 그렇진 않지만……."

"그럼 올 거야?"

"일단 오늘은 아직……."

사요는 모호하게 대답하는 린타로를 날카롭게 노려보았다.

"네가 학교에 안 오면 또 알림장을 가져다주러 와야 하잖아. 선생님들도 걱정하고 있고, 모두에게 민폐라는 걸 알고 있어?"

사요의 거침없는 돌직구가 날아왔다.

관록으로 봐도 린타로와는 격이 다르다.

"미안해……."

사요는 어이없는 얼굴로 한숨을 쉬었다.

"사과한다고 끝날 문제가 아니잖아. 오면 온다, 안 오면 안 온다고 확실히 말해주면 안 돼? 네가 지금 얼마나 힘든지는 나도 알아. 다만 확실하게 말해주면 되는데, 계속 모호하게 대답하니까 다들 어떻게 해야 좋을지 몰라서 진진 궁금하잖아!"

사요의 단호한 말투에 린타로의 온몸이 오그라들었다.

존재감이 없는 자기 하나가 없어져 봤자 우리 반에는 아무런 영향도 없을 것이다. 린타로는 그렇게 생각했지만 반장 쪽에서 보면 그렇지 않은 모양이다.

등 뒤에서 쿡쿡거리는 얼룩고양이의 웃음소리가 들렸다.

"저 애는 너를 진심으로 걱정해주고 있군. 의외로 친구복이 있는 거 아니야?"

재미있어 하는 목소리의 주인을 린타로는 재빨리 노려
보았다. 하지만 얼룩고양이는 아랑곳하지 않고 수염을 흔
들며 통쾌하게 웃었다.

그때 사요가 "어?" 하며 놀란 표정을 짓더니 린타로의
발밑으로 시선을 향했다. 물론 그곳에는 독설가인 얼룩고
양이가 떡하니 앉아 있었다.

한순간 기묘한 정적이 흘렀다.

얼룩고양이는 잠시 긴장했지만 이윽고 탐색을 하듯 말
했다.

"설마, 내 목소리는 물론이고 모습이 보일 리는……."

"고양이가 말을 하네?"

사요가 혼잣말처럼 중얼거린 순간, 얼룩고양이가 움찔
거렸다.

얼룩고양이를 바라보던 사요는 다시 하얗게 빛나는 서
점 안쪽을 바라보며 입을 다물지 못했다.

"……저게 뭐야?"

린타로는 사요의 시선 끝을 확인한 뒤, 오른손을 들어
안경테를 만지작거렸다.

"특수한 조건이니 뭐니 하지 않았어?"

"그래, 그건 틀림없어. 어떻게 이런 일이……."

항상 느긋하게 대처하던 얼룩고양이가 웬일로 당황했다.

사요가 황당한 표정을 지으며 중얼거렸다.

"나쓰키, 내 눈에 이상한 게 보여."

"다행이야. 나만 그렇게 보이는 줄 알았거든."

나쓰키 린타로가 거의 자포자기하며 대답하자 사요는 대꾸할 말이 없는 듯했다.

얼룩고양이는 즉시 태연함을 되찾더니, 사요 앞으로 다가가서 정중하게 고개를 숙였다.

"난 얼룩고양이 얼룩이야. 책의 미궁에 온 걸 환영해."

그렇게 말하고 고개를 숙이는 얼룩고양이의 모습은 생각 외로 우아하고 품위가 있었다.

"난 유즈키 사요야."

사요는 당황하면서도 그렇게 말한 뒤, 즉시 두 손을 내밀어 깜짝 놀라는 얼룩고양이를 껴안았다.

"귀엽다!"

사요의 통통 튀는 목소리를 듣고 린타로와 얼룩고양이는 동시에 눈을 크게 떴다.

"어쩜 이렇게 귀엽지? 더구나 말을 할 수 있다니, 굉장해!"

"지금 그게 문제가……"라고 중얼거리는 린타로의 목

소리는 꼬리를 감추고, 사요의 화려한 목소리가 서점 안을 점령했다. 사요가 뺨을 비비자 얼룩고양이는 "야옹" 하고 쓸모없는 저항을 했다.

"야옹 좋아하시네."

린타로는 맥이 빠져서 깊은 한숨을 내쉬었다.

거대한 책장 사이의 복도를 두 사람과 한 마리가 천천히 걸어갔다.

맨 앞에 얼룩고양이, 그 뒤에 사요, 맨 마지막이 린타로였다. 얼룩고양이의 발걸음은 조용하고 사요의 발걸음은 가벼웠지만 린타로의 발걸음은 무겁기 짝이 없었다.

"유즈키, 넌 역시 돌아가는 편이 좋겠어."

그 즉시 사요의 가늘고 긴 눈동자가 린타로를 향했다.

"뭐야? 너 혼자 신비한 얼룩고양이와 유쾌한 모험을 하려고?"

"유쾌한 모험이라니……."

린타로는 약간 주춤거리면서 조심스럽게 말을 이었다.

"위험한 일에 일부러 고개를 들이밀지 않아도……."

사요는 의미심장한 눈길로 린타로를 바라보았다.

"아아, 위험한 일이구나? 그러면 지금 나한테 동급생이 위험한 일에 고개를 들이미는 걸 잠자코 보고만 있으라는 거야?"

"그런 뜻이 아니라……."

"그럼 무슨 뜻이야? 위험하지 않다면 따라가도 되고, 위험하다면 그냥 내버려두는 게 더 문제잖아. 아니야?"

'대나무를 쪼개듯 단호하다'라는 표현은 사요를 가리키는 말이라고 린타로는 생각했다. 항상 우물쭈물하며 고민하는 린타로에 비해 사요의 논리는 명쾌하고 단호하다. 마음이 건강하지 못해 집에 틀어박혀 있는 린타로가 대항할 수 있는 상대가 아니다.

"포기하는 편이 좋을 것 같군, 2대. 아무리 봐도 넌 이길 수 없어."

얼룩고양이가 나지막한 목소리로 중재를 했다.

"그건 인정하지만 문제의 원흉인 네게는 그런 말을 듣고 싶지 않아."

"너무 그러지 마. 이미 나를 본 걸 어떡해?"

말은 그렇게 하면서도 여느 때처럼 목소리에 강압적인 느낌이 없는 건 얼룩고양이의 마음도 복잡하기 때문이리라.

"나도 모든 걸 내다볼 수 있는 건 아니야. 이번 일은 완전히 계산 밖이라고."

"이번 일 말고는 모두 계산됐던 것 같은 말투군. 난 네가 그때마다 적당히 둘러대는 것처럼 보이는데."

그러자 사요의 건강한 목소리가 린타로의 말을 가로막았다.

"말싸움에서 나한테 졌다고 얼룩고양이한테 화풀이하면 안 돼."

"화풀이라니……."

"아니야?"

"이런 황당한 사태에 반장을 휘말리게 하다니 걱정돼서 그래. 무슨 일이라도 있으면 큰일이잖아."

"나한테 무슨 일이 있으면 큰일이고 네게 무슨 일이 있으면 큰일이 아니야?"

스스럼없는 사소한 대화 속에서도 사요의 예리한 재치가 번뜩였다.

말문이 막힌 린타로를 보며 사요가 다시 덧붙였다.

"난 네 성격은 싫지 않지만 그런 태도는 마음에 안 들어."

사요는 슬쩍 그렇게 말하더니 재빨리 앞으로 걸어갔다.

그리고 얼룩고양이를 추월해 똑바로 뻗어 있는 복도를 용감하게 나아갔다. 작은 일에도 움찔거리는 린타로와는 정반대다.

발밑으로 다가온 얼룩고양이가 고개를 돌려 린타로를 올려다보고 빙긋이 미소를 지었다.

"좋을 때다."

"······얘가 뭐래나?"

린타로가 힘없이 중얼거렸을 때, 드디어 주변이 새하얀 빛에 감싸이기 시작했다.

병원인가?

린타로가 그렇게 여긴 것도 무리는 아니다.

새하얀 빛을 빠져나간 순간, 드넓은 공간 안에서 하얀 가운을 입은 수많은 남녀들이 바쁘게 오가고 있었기 때문이다.

밝은 빛이 사라지고 주변이 보임에 따라 기묘한 분위기는 더욱 뚜렷해졌다.

앞쪽에 펼쳐져 있던 것은 돌로 된 거대한 회랑이었다.

좌우의 폭은 교실 두 개쯤 될까? 안쪽은 확실히 보이지 않았고 아득한 건너편까지 거대한 공간이 이어져 있었다. 양쪽에는 우아하고도 강력한 원기둥이 같은 간격으로 늘어서서 머리 위의 우아한 아치형 천장을 떠받치고 있었다.

그것만 보면 고대 그리스 신전 같았지만, 공간을 오가는 사람들이 더할 수 없이 기괴했다.

일단 기둥 사이에서 하얀 옷을 입은 남녀가 잇따라 나와서 반대편 기둥 사이로 사라졌다. 연령층은 남녀노소가 다양했지만, 하얀 옷을 입고 책을 잔뜩 껴안은 채 바쁘게 걸어간다는 점은 모두 똑같았다.

기둥과 기둥 사이의 벽을 올려다보자 머리 위에 있는 아득한 천장까지 책들이 쌓여 있었다. 거대한 서고가 있는 벽의 맨 밑에는 큰 책상과 의자가 점점이 놓여 있고, 하얀 옷을 입은 남녀가 책장에서 책을 꺼내 책상 위에 쌓더니 다른 책을 꽂았다. 자세히 쳐다보자 벽의 여기저기에 좁은 통로와 계단이 언뜻 보였다. 하얀 옷의 남녀는 그곳에서 나와 책상 앞에 멈추어 한동안 작업을 한 뒤, 광대한 회랑을 가로질러 반대편 통로로 사라졌다.

책을 껴안고 걸어가는 자, 책상 위에 책을 쌓아올리는 자, 개중에는 책장에 걸쳐놓은 긴 사다리 위에서 작업하는 자도 있어서 눈이 팽팽 돌 지경이었다.

"정말…… 굉장한 곳이다……."

아무런 의미도 없는 사요의 말은 가장 솔직한 표현이기도 했다.

눈을 동그랗게 뜨고 두리번거리는 사요의 눈앞을 하얀

옷의 여자가 종종걸음으로 지나갔다.

하얀 옷을 입은 사람들은 한 마리와 두 사람의 외부인에게 조금도 신경을 쓰지 않았다. 마치 처음부터 눈에 들어오지 않은 것처럼 반응이 없었는데, 부딪칠 듯하면 피하긴 해서 보이지 않는 것은 아닌 모양이었다. 그런데 부자연스러운 점이 있었다. 이렇게 많은 사람이 오가면서도 사람의 목소리가 들리지 않는다는 점이었다. 마치 어설프게 만들어진 무성영화처럼 음침한 느낌이 들었다.

"여기 어딘가에 책을 자르는 사람이 있어?"

"그럴 거야."

"어떡하지?"

린타로의 질문에 얼룩고양이는 둥근 어깨를 들썩이더니 성큼성큼 앞으로 나아갔다.

"우리가 직접 찾아보는 수밖에 없어."

얼룩고양이는 재빨리 걸음을 옮긴 뒤, 눈앞으로 다가온 하얀 옷의 남자에게 말을 걸었다.

"미안하지만 물어볼 것이 있네."

하얀 옷의 중년 남성은 두 팔에 수많은 책을 껴안은 채 멈추더니, 귀찮은 표정을 감추지 않고 발밑의 얼룩고양이를 내려다보았다. 체격은 좋지만 기묘하리만큼 안색이 나쁜 남자였다.

"뭐지? 지금 바쁜 거 안 보여?"

"여기는 뭐 하는 곳이지?"

얼룩고양이의 거만한 질문에 남자는 담담하게 대답했다.

"여기는 '독서연구소'야. 책 읽기에 관해 연구하는 세계 최대의 연구시설이지."

"독서연구소?"

사요가 이마를 찡그리며 말했지만 남자는 사요의 말을 무시하고 대꾸하지 않았다.

"이 연구소의 책임자를 만나고 싶네."

"책임자?"

"그래, 이 시설의 책임자 말이야. 이 시설의 대표라든지, 아니면 연구소라니까 박사나 교수가 있겠지?"

"교수를 찾고 있나?"

"그래."

말이 끝나기도 전에 남자는 눈썹 하나 까딱하지 않고 대답했다.

"포기해. 교수라는 직책은 세상에 별처럼 많아. 일본에서는 개나 소나 다 교수니까 말이야. 한번 큰 소리로 '교수!'라고 외쳐봐. 아마 걸어 다니는 학자 다섯 명 중 네 명은 돌아볼걸? 모두 각 분야의 교수들이지. 속독법 교수부터 속기술 교수까지, 여기에는 수많은 교수들이 있어. 그 밖에도 수사법, 조사법, 문체, 음운, 글자 폰트에서부터 종이 질에 이르기까지 수많은 연구 분야에서 새로운 교수들이 난립하고 있지. 교수를 찾지 말고 교수가 아닌 사람을 찾는 편이 더 빠를지도 몰라."

억양 없는 목소리로 담담하게 대꾸하는 남자를 보고 얼룩고양이는 머쓱해졌다.

그 틈을 찌르듯 "그럼 그만 가볼게"라는 말을 남긴 채 하얀 옷의 남자는 종종걸음으로 그 자리를 떠났다.

"이봐!"

남자는 얼룩고양이의 부름에 대꾸하지 않고 기둥 너머의 통로로 사라졌다.

린타로와 사요는 멍하니 남자의 등을 바라보았다.

"저 사람, 왜 저러는 거지?"

린타로의 중얼거림에 얼룩고양이는 대꾸하지 않고 다시 광대한 회랑을 걷기 시작했다.

다음에는 옆을 지나가는 하얀 옷의 남자를 불러 세웠다. 조금 전의 남자와는 나이도 체구도 다르지만 핏기 없는 얼굴로 책을 잔뜩 껴안고 있는 모습은 똑같았다.

"무슨 일이지? 난 지금 바쁘거든."

"사람을 찾고 있네."

그러자 하얀 옷의 남자는 다짜고짜 단호하게 말했다.

"그만두는 게 좋아. 이 연구소는 어마어마하게 넓어. 더구나 외모도 사고방식도 바쁜 정도도 비슷한 사람들이 우글우글하지. 물론 다들 자신만의 독자성을 강조하기 위해 기를 쓰고 있지만 자기만의 독자성에 집착한다는 점에서 볼 때 독자성이라곤 눈을 씻고 찾아봐도 없어. 한마디로 말하면 구별하기 어렵다는 뜻이야. 이런 곳에서 특정한 '누군가'를 찾는 건 모래밭에서 바늘을 찾는 것처럼 어려울 뿐만 아니라 아무런 의미가 없어."

남자는 "그럼 그만 가볼게"라는 말을 남기고 자리를 떠났다.

세 번째로 말을 건 사람은 비교적 젊은 여성이었지만 안색이 나쁜 것과 이해할 수 없는 대답이 돌아온 것은 앞의 두 사람과 똑같았다.

다음에 누구에게 말을 걸지 두리번거리는 사이에 사요가 성큼성큼 걸어온 젊은 남성과 부딪쳤다. 그런 탓에 남자가 껴안고 있던 수많은 책들이 회랑에 흩어졌다.

"죄송해요."

사요가 사과하자 남자는 힐끔 쳐다보더니 담담한 표정으로 책을 주웠다. 황급히 옆에서 책을 주워주던 린타로는 책 한 권을 들고 움직임을 멈추었다.

『완전히 새로운 독서술의 권유』

아무리 좋게 보려고 해도 센스라곤 손톱만큼도 없는 제목이었다.

그 책을 들고 린타로는 남자에게 말을 걸었다.

"이 책을 쓴 사람이 어디에 있는지 아세요?"

그러자 하얀 옷의 남자는 살짝 눈썹을 움직이더니 린타로를 바라보았다. 린타로는 즉시 다시 한 번 말했다.

"이 책을 쓴 사람을 만나고 싶은데요……."

"소장님을 만나고 싶으면 소장실에 가봐. 그 계단으로 내려가면 돼."

남자는 대충 책을 껴안고 일어서더니, 오른쪽 기둥 너머에 있는 계단을 턱으로 가리켰다.

"소장님은 연구에만 몰두하는 분이라서, 소장실에 틀어박혀서 거의 지상에 나오지 않아. 그 계단으로 내려가면 만날 수 있을 거야."

말투는 무표정하지만 내용은 너무도 과장스러웠다.

지상에도 나오지 않고 연구에만 몰두하는 소장이라…….

"고맙습니다."

린타로가 인사를 하고 고개를 들었을 때, 하얀 옷의 남자는 이미 그 자리를 떠나 건너편 계단으로 올라가는 참이었다.

계단은 쉽게 끝나지 않았다.

특별한 각오도 없이 계단을 내려가기 시작한 린타로 일행 앞에는 하염없이 계단이 이어져 있었다.

"지상에 나오지 않는 건 이 계단 때문 아니야?"

사요가 어이없는 표정으로 중얼거렸다. 그 중얼거림은 크게 메아리치면서 아득한 밑바닥으로 빨려 들어갔다.

"괜찮을까?"

"걱정되면 돌아가. 난 원래 '귀가추천파'니까."

"그럼 '귀가추천파'는 먼저 돌아가. 난 '무슨 일이 있어도 도중에 포기하지 않는 파'니까."

사요의 말에는 음침한 공기를 한 방에 날려버리는 상쾌함이 깃들어 있었다. 린타로는 대꾸할 말이 없어서 입을 다물었다.

처음에 똑바로 내려가던 계단은 이윽고 천천히 곡선을 그리며 나선으로 변했다. 한없이 음침하고 한없이 어두컴컴해서 땅바닥으로 가라앉는 듯한 느낌이 들었다.

주변의 모습은 무서우리만큼 변함이 없었다. 벽에는 같은 간격으로 램프가 자리하고, 그 사이에는 아무렇게나 쌓아올린 책들이 있었다. 자세히 보자 새 책과 오래된 책의 차이는 있지만 제목은 전부『완전히 새로운 독서술의 권유』였다.

가끔 생각난 듯이 책을 잔뜩 껴안은 하얀 옷의 남자가 올라오긴 했지만 린타로 일행에게는 눈길도 주지 않고 입을 다문 채 재빨리 지나갔다.

아무리 내려가도 음침한 어둠이 이어지는 가운데, 갑자기 사요의 중얼거림이 들렸다.

"베토벤……?"

그 말을 듣고 린타로는 걸음을 멈추었다.

귀를 기울이자 분명히 계단 아래쪽에서 희미한 소리가 들렸다.

"베토벤 교향곡 제9번, 3악장 같아."

"9번이라고?"

린타로의 말에 관악부 부부장은 자신만만하게 고개를

끄덕였다.

조금 더 내려가자 음악은 더욱 또렷해져서, 린타로의 귀에도 격조 높은 현악기의 선율이 똑똑히 들렸다.

"제2주제군."

사요가 그렇게 말한 순간 멜로디가 변조하더니, 한결 편안한 주제를 연주하기 시작했다. 음악에 맞춰 발걸음이 빨라져서, 현악기와 관악기의 합류가 환상적인 곡조를 만들어낼 무렵에는 막다른 곳에 있는 작은 나무 문 앞에 서 있었다.

오랜 역사를 느끼게 하는 문 위에는 큼지막하게 '소장실'이라고 쓰여 있었다. 그것 말고는 아무런 표시나 장식이 없고, 안에서 커다란 관현악이 들려올 뿐이었다.

이해할 수 있는 광경은 하나도 없었지만, 린타로 일행은 막다른 곳에 도착했다는 것만으로도 안도의 한숨을 내쉬었다.

얼룩고양이가 고개를 끄덕이는 걸 보고 린타로는 살며시 문을 노크했다.

가볍게 두 번 두드려도 대답이 없어서 세 번째는 크게 두드렸지만 역시 반응은 없었다. 대답하는 것은 오직 9번뿐이었다.

린타로는 할 수 없이 손잡이를 잡고 문을 밀었다. 끼익 하는 소리와 함께 가볍게 문이 열리고, 그와 동시에 안에서 귀를 찢을 만큼 커다란 교향곡이 튀어나왔다.

소장실은 그렇게 넓지 않았다. 아니, 어쩌면 넓을지도 모르지만 천장까지 책과 종이다발이 쌓여 있어서 넓이를 가늠할 수 없었다. 책과 종이에 둘러싸인 공간 자체는 상당히 좁고, 정면 안쪽에 종이에 파묻힌 책상이 하나 있었다.

린타로 일행에게 등을 돌린 채, 하얀 옷차림의 중년 남성이 책상을 향해 앉아 있었다.

키는 크지 않았지만 전체적으로 뚱뚱하고 둥글둥글하게 생긴 인물로, 무슨 일인가에 몰두하고 있었다. 무슨 일을 하는 걸까. 멀리서 바라보자 왼손에 든 책을 오른손에 든 가위로 정신없이 자르고 있었다.

가위가 움직일 때마다 종잇조각이 흩어지면서 책은 흔적도 없이 사라졌다.

기이한 작업에 몰두하고 있는 하얀 옷의 뚱뚱한 남자. 그 모습은 괴기스럽다고 말할 수밖에 없었다.

"저게 뭐야……."

사요는 그렇게 말한 채 뒷말을 잇지 못했다. 황당한 심정은 린타로도 똑같았다. 얼룩고양이도 역시 입을 벌린 채 하얀 옷의 남자를 바라보았다.

기이한 공간을 한층 더 기이하게 만드는 것이 귀청이 떨어질 만큼 울려 퍼지는 제9번이었다. 남자 옆에 있는 플레이어는 CD나 레코드판이 아니라, 그 옛날에 전성기를 자랑했던 음악 전용 라디오카세트다. 린타로가 라디오카세트임을 안 것은 할아버지가 갖고 있었기 때문으로, 지금은 거의 볼 수 없는 골동품이나 마찬가지다. 플레이어 한가운데에서 카세트테이프가 빙글빙글 도는 것이 꼭 장난처럼 보였다.

저 사람이 연구소 소장이자 독서술에 관한 책을 쓰는 학자란 말인가?

"실례합니다."

린타로가 그렇게 말해도 하얀 옷의 학자는 돌아보지 않았다. 두 번을 말해도 반응을 보이지 않더니, 배에 힘을 넣고 큰 소리로 말하자 겨우 손을 멈추고 뒤를 돌아보았다.

"어, 뭐지?"

날카로운 목소리로 대꾸하며 돌아본 학자의 모습은 매우 독특했다. 두터운 안경에 온통 구겨진 하얀 옷, 불룩 튀어나온 배에 흰머리가 약간 남아 있는 대머리…… 학자라고 말하면 듣기에는 좋지만 하얀 옷을 입고 있음에도 지적인 느낌은 티끌만큼도 느낄 수 없었다.

"죄송하지만 잠시 실례하겠습니다."

"이거 미안하군. 온 줄 몰랐네."

9번에 지지 않을 만큼 큰 소리로 말하면서 학자는 천천히 의자를 돌려 린타로를 향했다.

오른손에 가위, 왼손에 잘린 책을 든 남자의 모습을 보고 린타로와 사요는 당황함을 감출 수 없었다.

"여긴 손님이 거의 오지 않거든. 앉을 곳도 마땅히 없어서 미안하군."

9번 사이로 기묘하게 들뜬 목소리가 들렸다.

"무슨 일이지?"

린타로도 역시 큰 소리로 대꾸했다.

"여기서 책을 자르고 있다고 들었어요. 당신이……."

"뭐? 무슨 말이지?"

"여기서 책을 자르고 있다고……."

"미안하지만 뭐라고 하는지 잘 안 들리는군. 좀 더 큰 소리로 말해주게."

"그러니까 여기서 책을……."

갑자기 찌지지직 하는 잡음과 함께 제9번이 끊겼다. 라디오카세트가 작동을 멈춘 것이다. 그와 동시에 등줄기를 오싹하게 만드는 정적이 주위를 가득 메웠다.

자신이 원하는 상황이 아니었는지 하얀 옷의 학자는 이마에 주름을 잡으면서 천천히 의자에서 일어서더니, 책상 구석에 있는 라디오카세트에 손을 내밀었다.

"저기……"

학자의 통통한 손이 말을 하려던 린타로를 제지했다.

"테이프도 라디오카세트도 워낙 낡아서 말이야. 가끔 이렇게 뒤얽혀버리지."

하얀 옷의 학자는 그렇게 중얼거리면서 달칵달칵 하고 카세트테이프를 꺼내기 시작했다.

오랫동안 들은 테이프는 라디오카세트 안에서 뒤얽히는 경우가 있는데, 하얀 옷의 학자에게는 일상적인 일인 듯하다. 학자는 당황하지도 않고 재빨리 테이프를 꺼내더니, 늘어진 테이프를 꼼꼼히 감은 다음 다시 넣어서 재생 버튼을 눌렀다. 2초가 채 지나기 전에 다시 베토벤의 제9번이 웅장하게 울려 퍼졌다.

"다시 용건을 말해보게."

대음량의 제9번을 뚫고 큰 소리로 말하는 학자를 보고 린타로는 할 말을 잃었다.

"그런 표정 짓지 말게. 베토벤은 내가 좋아하는 작곡가

중 한 명이고, 특히 제9번은 최고의 걸작이라 생각하지. 이걸 들을 때는 연구도 잘 되고 말이야."

"연구요? 무슨 연구를 하시는데요?"

린타로가 거의 자포자기로 말하자 중년의 학자는 활짝 웃으면서 고개를 끄덕였다.

"좋은 질문이야. 내 연구의 주제는 바로 '책 읽기의 효율화'라네."

그때 사요가 린타로에게 귀엣말을 했다.

"베토벤 말이야, 자기에게 유리한 질문만 듣기 위해 일부러 틀어놓는 거 아니야?"

그럴지도 모르지만 설사 그렇다고 해도 지금은 어찌할 도리가 없었다.

모처럼 잡은 대화의 실마리를 놓치지 않도록 린타로는 일부러 질문을 했다.

"독서의 효율화라니, 그게 무슨 뜻이죠?"

"그건 간단해. '빨리 읽기 위한 연구'지."

상대는 대답을 하면서도 가위질을 멈추지 않았다.

"이 세상에는 책이 산더미처럼 쌓여 있지만 우리 인간은 너무나 바빠서 도저히 다 읽을 수가 없네. 그런데 내 연구가 완성되면 매일 수십 권의 책을 읽을 수 있어. 유행하는 베스트셀러뿐만 아니라 복잡한 이야기나 난해한 철학서도 눈 깜짝할 새에 읽을 수 있지. 이건 인류 역사에 남을 만한 멋진 쾌거가 아닌가!"

"매일 수십 권을 읽는다고요?"

린타로의 질문에 사요가 덧붙였다.

"그건 속독을 말하나요?"

학자는 "그렇지!" 하고 고개를 끄덕이며 말을 이었다.

"속독법은 매우 중요한 기술이지. 하지만 일반적인 속독은 익숙한 문장이 아니면 통하지 않네. 신문의 주식 시세 일람표에서 필요한 정보를 꺼내는 기술로는 아주 효과적이지만, 철학의 입문자가 갑자기 에드문트 후설(Edmund Husserl, 현상학파를 창설한 독일의 관념론 철학자 ─ 옮긴이)의 『현상학의 이념』을 속독할 수는 없지 않은가? 그래서 말인데……."

학자는 만면에 미소를 지으며 통통하게 살이 찐 검지를 세웠다.

"나는 속독에 또 하나의 기술을 융합하는 데 성공했지."

"또 하나의 기술요?"

"바로 '줄거리'일세."

린타로와 사요는 너무도 황당해서 동시에 몸을 뒤로 젖

했다.

그 타이밍에 음악이 끊어진 건 3악장이 끝났기 때문이었다. 하지만 숨을 돌릴 틈도 없이 즉시 4악장이 시작되고, 관악기의 강렬한 불협화음 속에서 학사는 큰 소리로 득의양양하게 말했다.

"줄거리, 또는 요약이라고 할 수 있지. 속독법을 통해 고도의 책 읽기 속도를 익힌 사람들은 책의 핵심을 뽑아낸 '줄거리나 요약'을 통해 읽는 속도를 더 높일 수 있다네. 물론 줄거리에서는 전문적인 용어는 물론이고 독특한 표현이나 깊은 맛이 우러나오는 숙어를 전부 배제하지. 문체에서는 개성을 없애며 최대한 흔한 표현을 사용하고, 철저하게 쉽고 명료한 표현을 사용하네. 그러면 한 권 읽는 데 10분 걸렸던 책을 1분 만에 읽을 수 있지. 예를 들면 ⋯⋯."

학사는 발밑에 있는 작은 책을 가위로 아무렇게나 자르더니, 몸을 내밀어 린타로에게 건넸다.

그곳에는 단 한 줄이 쓰여 있었다.

"메로스는 격노했다."

린타로가 문장을 읽자 학사는 만족스러운 듯 고개를 끄덕였다.

"「달려라 메로스」(일본 근대문학을 대표하는 작가인 다자이 오사무의 단편소설 - 옮긴이)의 줄거리지."

어안이 벙벙해하는 린타로를 향해 학자는 잘라낸 「달려라 메로스」를 왼손으로 하늘하늘 흔들었다.

"그 유명한 단편소설도 줄거리로 만들면 이 한 문장이면 충분하지. 줄이고 줄인 끝에 남은 마지막 한 문장이라네. 여기에 속독법을 사용하면 0.5초 만에 「달려라 메로스」를 다 읽을 수 있지. 문제는 장편인 경우인데 말이야."

학자는 뚱뚱한 팔을 라디오카세트로 뻗어, 그렇지 않아도 큰 볼륨을 더욱 키웠다. 낮은 현악기가 연주하는 「환희의 송가」의 느린 멜로디가 방을 가득 메웠다.

"지금 하고 있는 건 괴테의 『파우스트』지. 목표는 이 책을 2분 만에 읽을 수 있게 하는 거라네. 하지만 이게 만만치 않아서 말이야."

학자의 살찐 손이 책상 위에 있는 책 몇 권을 두드렸다. 그러자 주변의 종잇조각들이 함박눈처럼 춤을 추었다. 학자가 두드린 책은 수많은 가위질로 인해 참담한 모습으로 변해버린 상태여서 이미 『파우스트』인지 아닌지도 알 수 없었다.

"본래 분량의 90퍼센트를 잘라내는 데 성공했지만 작품이 워낙 방대해서 10퍼센트라고 해도 어지간한 양이 아니야. 앞으로도 계속 응축 작업을 해야 하지. 여기엔 굉장한 노력이 필요하지만 『파우스트』를 읽고 싶어 하는 독자는 생각보다 많거든. 어떻게든 그들의 기대에 부응하고 싶네."

'머리가 이상한 거 아니에요?'리는 말이 린타로의 입에서 나오지 않은 것은 사요가 먼저 말했기 때문이었다.

"그건 좀 이상해요."

사요의 목소리는 맑고 또랑또랑했지만 지금은 베토벤의 기세에 약간 눌린 것 같았다.

"이상하다고? 뭐가?"

"그게 그러니까……."

학자가 대놓고 되받아치자 사요는 대답을 하지 못했다.

"요즘 사람들은 책을 거의 안 읽는다고 하더군. 하지만 실은 그렇지 않네, 너무 바빠서 한가하게 책 읽을 시간이 없는 것뿐이지. 바쁜 일상생활에서 책에 쏟을 시간은 한정돼 있어. 그런데 읽고 싶은 책은 한두 권이 아니야. 다들 많은 이야기를 읽고 싶어 하네. 『파우스트』만이 아니라 『카라마조프 가의 형제들』도 읽고 싶어 하고 『분노의 포도』도 읽고 싶어 하지. 그들의 바람을 이뤄주기 위해서는 어떻게 하면 좋을까?"

학자가 굵은 목을 앞으로 내밀며 덧붙였다.

"속독과 줄거리밖에 없어."

학자가 라디오카세트에 손을 대지도 않았는데 9악장의 볼륨이 조금 커진 느낌이 들었다.

"여기에 책이 한 권 있네."

학자는 산더미처럼 쌓여 있는 종잇조각 안에서 낡은 책 한 권을 들어올렸다.

여기까지 오는 동안 수도 없이 보았던 『완전히 새로운 독서술의 권유』란 책이었다.

"지금까지 내 연구 성과를 총 정리한 대표작이지. 이 책에는 최신 속독법은 물론이고 내가 모든 힘을 다해 만든 동서고금의 명저 100권의 줄거리가 들어 있네. 즉 이 한 권만 있으면 독자들은 하루에 100권을 읽을 수 있지. 앞으로 2권, 3권으로 계속 낼 예정이니까 조금만 시간을 들이면 언젠가 전 세계의 책을 전부 읽을 수 있지 않겠나? 이 세상에 이보다 멋진 일이 어디 있겠어."

"그렇군요."

린타로는 그렇게 중얼거렸지만 물론 학자의 말에 동의하는 것은 아니었다. 잠자코 있으면 끝없이 이어질 학자의 말을 제지하기 위한 일종의 감탄사에 불과했다.

"물론 그렇게 하면 책 읽는 속도는 빨라질지도 모르죠.

하지만 줄거리는 원래 내용과 다르지 않을까요?"

"다르다고? 뭐 조금은 다를 수도 있겠지."

얼룩고양이가 낮은 목소리로 끼어들었다.

"조금이 아니야. 당신은 그렇게 책을 모은 뒤 싹둑싹둑 잘라서 아무 짝에도 쓸모없는 종잇조각으로 바꾸고 있지. 그건 책의 목숨을 빼앗는 일이야."

"뭘 모르는 소리!"

학자의 목소리가 무거운 풍압과 함께 울려 퍼졌다.

조금 전의 느긋한 말투에 중량감이 더해지면서 두 사람과 한 마리의 방문자는 동시에 입을 다물었다.

학자의 목소리가 갑자기 사람을 타이르듯 달콤하게 변했다.

"난 책에 새로운 생명을 불어넣고 있어. 사람들이 읽지 않는 이야기는 언젠가 사라지는 법이지. 나는 그게 너무도 안타까워 이야기가 오래 남을 수 있도록 연구하고 있는 것뿐이네. 줄거리를 만들고 속독법을 만들면서 말이야. 그러면 이야기는 사라지지 않고 흔적이 오래 머무름과 동시에, 짧은 시간에 걸작을 만나고 싶어 하는 사람들의 기대에도 부응할 수 있네. '메로스는 격노했다'. 멋진 줄거리 아닌가?"

학자는 천천히 일어나더니 장엄하게 울려 퍼지는 풀 오케스트라에 맞춰 오른손의 가위를 지휘봉처럼 흔들기 시작했다.

"책과 음악은 비슷하다고 생각하지 않나? 둘 다 인간의 생활에 지혜와 용기와 치유를 안겨주는 훌륭한 존재지. 인간이 스스로를 위로하고, 스스로를 고무하기 위해 만들어낸 특별한 도구란 말일세. 하지만 이들에겐 큰 차이점이 있어."

학자는 엄숙한 선율에 맞춰 몸을 빙글 돌리며, 두 손을 추켜들고 크게 활을 그렸다. 그러자 하얀 옷이 허공에서 춤을 추었다. 뚱뚱한 몸이 재빨리 회전한 순간, 허공에서 춤추는 가위가 예리한 빛을 뿌렸다.

"음악은 여기저기서 언제든지 만날 수 있네. 운전 중인 차의 스테레오, 산책할 때 휴대용 플레이어, 연구실의 오디오. 언제 어디서나 인간을 치유해주지. 하지만 책은 그렇지 않네. 음악을 즐기면서 조깅은 할 수 있지만 책을 읽으면서 달릴 수는 없고, 베토벤의 제9악장을 들으며 연구는 할 수 있지만 『파우스트』를 읽으면서 논문은 쓸 수 없네. 책이 가지고 있는 슬픈 운명이 책의 힘을 약하게 만드는 최대 원인이란 뜻이지. 나는 그 슬픈 운명에서 책을 구하기 위해 혼신의 힘을 아끼지 않고 연구하고 있는 걸세. 책을 잘라버리는 게 아니라 책을 구해주고 있는 거지.”

학자가 말을 마침과 동시에 마치 타이밍을 노리고 있었던 것처럼 바리톤의 우렁찬 독창이 시작되었다.

얼룩고양이는 대꾸를 하지 않았다.

린타로는 얼룩고양이가 무슨 생각을 하는지 알 것 같았다. 처음에 얼룩고양이와 같이 찾아간 기묘한 저택의 사내도 그러했다. 그의 말은 광기에 가득 차 있었지만 공허한 망상이라고 웃어넘기기 어려운 예리함이 배어 있었다.

아마 진실이라는 예리함일 것이다.

학자가 린타로의 동요를 알아차린 것처럼 다정한 목소리로 말했다.

“지금 시대는 말이지, 어려운 책은 어렵다는 이유 하나만으로 이미 책으로서 가치를 잃어버리고 있네. 유행하는 크리스마스 노래를 편안하게 다운로드받는 것처럼, 누구나 가볍고 편안하게 걸작을 읽고 싶어 하거든. 수많은 책들을 즐겁고 빠르게 말이야. 그런 시대의 요청에 따르지 않으면 걸작은 살아남을 수 없네. 나는 그런 책들의 생명을 지키기 위해 가위를 휘두르는 거고. 알겠나?”

“2대.”

얼룩고양이의 부름을 듣고 린타로는 제정신을 차렸다.

"설마 저 말에 넘어가는 건 아니겠지?"

"솔직히 말하면 조금 넘어갔어."

"정신 차려!"

얼룩고양이가 수염을 쭉 펴고 린타로를 노려보았다.

린타로의 시야 끝에서는 학자가 두 손을 흔들며 머릿속의 오케스트라를 유유히 지휘하고 있었다. 오른손의 가위가 형광등 불빛을 받아 반짝이고, 독창으로 시작된 「환희의 송가」는 이미 첫 번째 대합창 부분으로 돌입하고 있었다.

"『파우스트』를 2분 만에 다 읽을 수 있다니 정말 굉장하잖아……."

"그건 궤변이야."

린타로와 얼룩고양이의 대화에 사요가 끼어들었다.

"궤변일지는 모르지만 저 말은 이해할 수 있어. 나는 책 읽는 속도도 느리고 어려운 책은 질색이라서 속독이나 줄거리처럼 편한 방법을 선택하고 싶고……."

학자가 만족스러운 웃음을 지으며 사요를 보았다.

"그래, 바로 그거야. 아주 잘 알고 있군. 나는 그런 너희들의 힘이 되고 싶어."

사요의 얼굴에는 어느새 황홀한 표정이 떠올라 있었다.

지적이고 쾌활한 여학생이 달콤한 꿈이라도 꾸는 얼굴로 하얀 옷의 학자를 바라보았다.

얼룩고양이의 목소리가 거칠어졌다.

"사요가 말려들고 있어. 린타로, 이렇게 해봐!"

"내가 어떻게……."

린타로가 뭐라고 대꾸하려 했지만 우렁찬 「환희의 송가」가 그의 생각을 마구 휘저어놓았다.

이 커다란 노랫소리 자체가 방문자의 생각을 마비시키기 위한 방어책인 것처럼 학자를 단단히 에워싸서 가까이 갈 틈을 주지 않았다.

린타로는 이마에 떠오른 땀을 가볍게 닦은 뒤, 조용히 눈을 감고 오른손을 살며시 들어 올려 안경테를 만지작거렸다.

이런 때 할아버지라면 뭐라고 했을까?

린타로의 가슴속에 찻잔을 든 채 생각에 잠긴 할아버지의 옆얼굴이 떠올랐다. 활자를 좇는 조용한 눈. 램프의 불빛을 받고 부드럽게 빛나는 노안경 렌즈. 조용히 책장을 넘기는 주름투성이 손가락.

그때 린타로의 머릿속에서 깊이 있는 목소리가 울려 퍼졌다.

"린타로, 산을 좋아하니?"

익숙한 손놀림으로 홍차를 준비하면서 할아버지가 온화한 목소리로 물었다.

"린타로, 산 말이야."

"가본 적이 없어서 잘 모르겠어요."

린타로가 귀찮은 듯 대답한 것은 정신없이 책에 빠져 있었기 때문이다. 할아버지는 다정한 미소를 지으며 책을 읽는 손자의 옆에 앉았다.

"책을 읽는 건 산을 올라가는 것과 비슷하지."

"책과 산이 비슷하다고요?"

린타로는 그제야 겨우 고개를 들었다. 할아버지의 말을 이해할 수 없었던 것이다.

할아버지는 차의 향기를 즐기듯 눈앞에서 천천히 찻잔을 돌렸다.

"책을 읽는다고 꼭 기분이 좋아지거나 가슴이 두근거리지는 않아. 때로는 한 줄 한 줄을 음미하면서 똑같은 문장을 몇 번이나 읽거나 머리를 껴안으면서 천천히 나아가기도 하지. 그렇게 힘든 과정을 거치면 어느 순간에 갑자기 시야가 탁 펼쳐지는 거란다. 기나긴 등산길을 다 올라가면 멋진 풍경이 펼쳐지는 것처럼 말이야."

고풍스러운 램프 밑에서 편안하게 차를 마시는 할아버지의 모습은 너무도 자연스러워서, 꼭 판타지 소설에 나오는 늙은 현자 같았다.

노안경 안쪽의 작은 눈이 밝게 빛났다.

"독서에도 힘든 독서라는 게 있지. 물론 유쾌한 독서가 좋단다. 하지만 유쾌하기만 한 등산로는 눈에 보이는 경치에도 한계가 있어. 길이 험하다고 해서 산을 비난해서는 안 돼. 숨을 헐떡이면서 한 걸음 한 걸음 올라가는 것도 등산의 또 다른 즐거움이란다."

할아버지는 뼈만 앙상한 가느다란 팔을 내밀어 린타로의 머리를 어루만졌다.

"기왕에 올라가려면 높은 산에 올라가거라. 아마 멋진 경치가 보일 게다."

가슴에 스며드는 따뜻한 목소리였다.

할아버지와 이런 대화를 나눈 적이 있었던가. 린타로는 놀라서 입을 다물 수 없었다.

"2대!"

얼룩고양이의 외침을 듣고 린타로는 감았던 눈을 떴다.

옆을 바라보자 사요의 모습이 눈에 띄게 달라져 있었다.

반짝반짝 빛나던 불그스레한 뺨은 건강한 색을 잃어버

리고, 활력이 넘치던 눈동자에는 창백하고 싸늘한 빛이 감돌고 있었다. 정물화 같은 음침한 얼굴색은 이 연구실에 올 때까지 지겹도록 봤던, 종종걸음으로 오가는 하얀 옷의 남자들과 똑같았다.

우렁차게 울려 퍼지는 피날레 속에서, 린타로는 빨려 들어갈 듯 앞으로 나가려는 사요의 손을 반사적으로 잡았다. 사요의 손은 너무도 차갑고, 사요의 가냘픈 몸은 등줄기가 오싹할 만큼 힘이 없었다.

린타로는 오한을 느끼고 얼굴을 찡그렸지만, 그래도 사요의 힘없는 손을 잡고 옆에 있는 작은 의자에 앉혔다.

"그 정도로는 시간을 벌 수 없어, 2대."

"알고 있어."

얼룩고양이의 심각한 경고에도 린타로는 당황하지 않았다. 린타로에게는 얼룩고양이 같은 관록도, 사요 같은 재치도 없지만 부조리한 위기나 궁지라면 평범한 일상생활에서 얼마든지 경험했다.

연구실 한가운데에서는 하얀 옷의 학자가 오른손에 가위, 왼손에 책을 든 채 지휘봉을 휘두르듯 두 팔을 움직이고 있었다. 팔을 움직일 때마다 왼손에 있는 책을 가위로 잘라서, 하얀 종잇조각이 허공에서 춤을 추었다.

린타로는 효율적인 책 읽기가 무엇인지 알 수 없었다.

하지만 속독이나 줄거리를 읽는 방법이 책이 가지고 있는 힘을 잃어버리게 한다는 것만은 알 것 같았다.

잘려나간 종잇조각은 어차피 종잇조각에 불과하다.

무턱대고 서두른다고 해서 모든 일이 해결되는 것은 아니다. 서두르면 서두를수록 크고 작은 부분들을 놓치는 게 인간이다. 기차를 타면 먼 곳으로 갈 수 있지만 그렇다고 식견이 늘어나는 것은 아니다. 길가에 피어 있는 이름 없는 꽃도, 나뭇가지에서 지저귀는 작은 새들도 자기 발로 걸어가는 우직한 산책자를 따르는 법이다.

린타로는 생각을 정리하고 나서 학자를 향해 천천히 발길을 내밀었다.

당황하지 않고 조급해하지 않고 결론을 서두르지 않고, 자신의 속도로 생각하고 자기 발로 걸어서 학자의 눈앞으로 다가갔다. 그리고 책상 위에서 귀가 먹먹해질 만큼 제9악장을 토해내는 라디오카세트로 오른손을 내밀었다.

다음 순간, 학자의 퉁퉁한 손이 뻗어 나와 린타로의 소매를 잡았다.

"내 소중한 음악을 끄지 말게."

"끄지 않아요."

린타로가 단호하게 대답하자 학자가 적잖이 당황했다. 그 틈에 린타로는 라디오카세트의 '빨리 감기 버튼'을 눌렀다.

그러자 찌지직찌지직 하는 잡음과 함께 제9악장이 3배속으로 흘러나왔다. 다급하고 시끄럽고 불안하며 정신없는 「환희의 송가(An die Freude)」다.

"그만둬! 이러면 9악장이 엉망이 되잖아!"

"저도 그렇게 생각해요."

린타로는 조용히 대답했다. 하지만 귀를 찢는 잡음 속에서도 빨리 감기 버튼에서 손을 떼지 않았다.

"그런데 빨리 감기를 하면 당신이 좋아하는 제9악장을 많이 들을 수 있잖아요."

학자는 재빨리 반박하려고 하다가 흠칫 놀란 표정을 지으며 굵은 눈썹을 모으더니 말을 집어삼켰다.

린타로가 다시 말을 이었다.

"하지만 빨리 감기를 하면 음악은 엉망이 되죠. 제9악장에는 제9악장의 속도가 있으니까요. 음악을 진심으로 즐기고 싶다면……."

린타로는 빨리 감기 버튼에서 손을 떼었다. 노래가 다시 원래의 당당한 흐름으로 돌아갔다.

"이 속도로 들어야겠죠. 빨리 감기는 최악이에요."

처음의 합창보다 한 옥타브 올라간 환희의 목소리가 "프로이데! 프로이데!"(Freude, 제9악장에 나오는 문구로 '환희여!'라는 뜻 – 옮긴이)라고 폭발할 듯이 울려 퍼졌다. 대음량의 선율이 황홀하게 흔들리는 실내를 가득 메웠다.

우렁찬 합창 속에서 학자가 혼잣말처럼 중얼거리며 린타로를 보았다.

"책도…… 똑같다는 건가?"

"적어도 속독을 하거나 줄거리를 읽는 건 피날레만을 빨리 감기로 듣는 거나 마찬가지예요."

"피날레만을 빨리 감기로……."

"그것도 나름 재미있을지 모르지만 베토벤의 교향곡은 아니에요. 제9악장을 진심으로 좋아한다면 제 말이 무슨 뜻인지 아실 거예요. 제가 책을 좋아하니까 아는 것처럼요."

학자는 정신없이 휘두르던 가위를 꼭 쥔 채 꼼짝도 하지 않았다.

그리고 잠시 생각에 잠기더니 굵은 눈썹 밑의 눈을 린타로에게 향했다.

"하지만 사람들이 읽지 않는 책은 언젠가 사라지는 법이지."

"그건 저도 안타까운 일이라고 생각해요."

"그래도 좋다는 건가?"

"좋다는 건 아니에요. 하지만 「달려라 메로스」란 작품이 한 문장에 갇히는 것도 똑같이 안타까운 일이에요. 음악이 음표만으로 이루어진 게 아닌 것처럼 책도 말만으로 이루어진 건 아니니까요."

학자는 가위를 움켜쥔 채 숨죽인 목소리를 토해냈다.

"하지만…… 인간은 지금 책 읽는 걸 잊어버렸어. 속독도 줄거리 요약도 지금의 사회가 원하는 거라고 생각하지 않나?"

"그건 제가 알 바 아니에요."

생각지도 못한 린타로의 반격에 학자는 안경 안쪽의 작은 눈을 우스꽝스러울 만큼 크게 떴다.

"저는 단지 책을 좋아하는 것뿐이에요. 그래서……."

린타로는 잠시 말을 끊고 나서 상대를 똑바로 쳐다보았다.

"아무리 세상 사람들이 원해도 책을 자르는 건 반대예요."

어느새 연주가 끝나고 덜컥덜컥 돌아가는 카세트테이프 소리만이 메아리쳤다. 방의 공기를 압도하던 음악이 사라지자 숨 막히는 침묵 속에서 라디오카세트가 기묘한 기계음을 토해냈다.

"……나도 책을 좋아해."

학자가 둥그스름한 어깨를 떨군 채 중얼거렸다.

린타로는 살며시 고개를 끄덕였다.

눈앞의 학자에게서는 처음부터 악의가 느껴지지 않았다.

책을 싫어하는 사람이 이런 일을 할 리 없다. 학자의 말에는 분명히 진실이 담겨 있다. 책을 남기고 싶다, 후세에 전하고 싶다, 되도록 많은 사람에게 책의 내용을 알려주고 싶다…….

그렇게 생각하는 사람이 책을 좋아하지 않을 리 만무하다.

"당신은 책을 좋아하면서 지금 책을 자르고 있어요."

학자가 가볍게 턱을 들더니 크게 한숨을 내쉬었다.

"책을 좋아하는 사람은 그런 말 듣는 걸 좋아하지 않지."

학자는 그렇게 말하며 가위를 쥐고 있던 오른손을 살며시 들어올렸다.

희미한 웃음과 함께 손을 펼치자 가위는 빛을 뿌리며 안개처럼 사라졌다. 그와 동시에 하늘하늘 춤추는 종잇조각들의 소리가 들렸다. 바람도 불지 않는데 방 안에 쌓여 있던 수많은 종잇조각이 허공에 떠올라 춤추기 시작했다.

린타로는 당황해서 몇 걸음 뒤로 물러섰다.

수많은 종잇조각들이 잇따라 날아올라 종이 눈보라로

변해서 시야를 하얗게 물들였다. 멍하니 바라보던 린타로의 눈앞에서 종잇조각과 종잇조각이 합쳐지더니 이윽고 원래의 책으로 돌아갔다.

종이와 책이 춤추는 방 안에서 우두커니 서 있는 하얀 옷의 학자.

그 둥그스름한 어깨가 너무도 쓸쓸해 보여서, 린타로는 바로 옆의 책상에서 형태를 되찾은 책을 들어 학자 앞에 내밀었다.

학자가 책의 표지를 보며 중얼거렸다.

"「달려라 메로스」……."

"저도 좋아하는 작품이에요. 한번 소리를 내서 천천히 읽어보시겠어요? 조금 시간이 걸리겠지만 후회하시지는 않을 거예요."

학자는 얇은 책을 받아서 한동안 꼼짝도 하지 않고 바라보았다.

눈보라처럼 춤추는 종잇조각의 기세는 여전히 약해지지 않았다. 하지만 원래의 모습을 되찾은 몇몇 책들은 종이 눈보라에서 벗어나 책장으로 들어가 자리를 잡았다. 장식이 없는 소박한 작은 책부터 가죽 장정을 한 화려한 책까지, 책들이 앞다투어 책장으로 돌아가는 모습은 가히 장관이었다.

잠시 후, 방 전체가 서서히 옅은 빛에 감싸이기 시작했다. 그와 동시에 「환희의 송가」의 선율이 린타로의 귀에 파고들었다.

린타로는 책상 위의 라디오카세트를 쳐다보았지만 카세트테이프는 움직이지 않았다.

학자가 콧노래로 부르는 것이었다.

학자는 「달려라 메로스」를 손에 든 채 즐겁게 콧노래를 부르면서, 천천히 하얀 옷을 벗어 등 뒤의 책상 위로 던졌다. 그 즉시 하얀 옷도 새하얀 빛에 감싸였다.

"어린 손님이여."

학자가 목의 넥타이를 내던지면서 린타로를 향해 미소를 지었다.

"참으로 유쾌한 시간이었네. 자네에게 멋진 미래가 찾아오길 바라지."

우아한 목소리로 가볍게 인사를 한 뒤, 학자는 빙글 몸을 돌리고 걸음을 내디뎠다.

작은 등이 콧노래와 같이 하얀 빛에 감싸였다.

흥겨운 노래가 조금씩 멀어지면서 이윽고 모든 것이 빛 안으로 녹아 들어갔다.

살며시 눈을 뜨고 사요는 잠시 꼼짝도 하지 않았다. 주
변을 둘러보면서 상황을 파악하려고 한 것이었다.

사요가 잠든 곳은 나쓰키 서점 안이다. 작고 둥근 나무
의자에 걸터앉아 옆의 책장에 기대어 잠든 모양이다. 사요
에게 담요를 덮어주고 바로 옆에 석유스토브까지 켜놓은
것은 누군가의 배려이리라. 석유스토브 위의 하얀 포트에
서 부드러운 김이 솟아오르고 있었다.

입구로 시선을 돌리자 밝은 아침 햇살이 눈에 들어왔다.
눈부신 빛을 등지고 서 있는 사람은 안경테에 손을 댄 채
깊은 생각에 잠겨 있는 같은 반 친구였다.

눈에 익은 동급생은 꼼짝도 하지 않은 채 엄숙하기까
지 한 공기를 걸치고 가만히 책장을 바라보았다. 한 권 한
권의 표지를 눈 안쪽에 새기듯, 그곳에 쓰인 이야기를 마
음 깊은 곳에 간직하듯 진지한 눈길로 책들을 바라보는
것이다.

"넌 정말로 책을 좋아하는구나."

사요가 잠시 망설이다 그렇게 말하자 린타로는 그제야
정신을 차린 것처럼 뒤를 돌아보고 안도의 한숨을 내쉬
었다.

"다행이다, 눈을 뜨지 않으면 어쩌나 걱정했거든. 아주

곤히 잠들었으니까."

"요즘 계속 아침 연습에 참석하느라 피곤해서 그래. 미리 말해두지만 평소에는 이렇게 칠칠치 못하게 남의 집에서 잠들지 않아."

사요가 여느 때보다 더 단호하게 대답한 이유는 뺨이 화끈 달아오른 것을 깨달았기 때문이었다. 사요는 그 사실을 감추듯 황급히 덧붙였다.

"어쨌든 고마워. 괜히 민폐를 끼쳤네."

"민폐?"

"그 이상한 곳에서 나를 데려와줬잖아."

린타로는 가볍게 눈길을 돌리더니 일부러 고개를 갸웃거렸다.

"혹시 이상한 꿈이라도 꾼 거 아니야?"

사요가 의자에 앉은 채 눈에 힘을 주었다.

"너 말이야…… 설마 전부 꿈이었다고 말하려는 건 아니겠지? 그건 무리야. 전부 기억하고 있거든. 인간의 말을 하는 얼룩고양이에다 책장의 통로와 기묘한 책 연구소. 더 말해볼까?"

"아니, 그거면 충분해."

린타로는 황급히 두 손을 흔들면서 덧붙였다.

"쓸데없는 발버둥은 그만둘게."

"좋아."

사요는 웃으면서 고개를 끄덕였다.

그녀의 뇌리에서 책 연구소의 신비한 광경이 잇따라 떠올랐다 사라졌다.

정신없이 오가는 하얀 옷의 사람들, 끊임없이 이어지는 계단, 쩌렁쩌렁 울려 퍼진 제9악장과 기묘한 대화.

린타로와 연구소장의 대화 도중에 사요의 기억은 모호해졌다. 하지만 깊은 바다로 가라앉는 듯한 황망한 어둠 속에서도, 반 친구의 따뜻한 손이 자신을 데리고 돌아왔다는 감각만은 선명하게 남아 있다.

이 말없는 소년의 손이라곤 생각할 수 없을 만큼 믿음직한 손이었다.

"얼룩고양이는 어디 갔어?"

사요가 물어보자 린타로는 고개를 좌우로 흔들었다.

"돌아오는 도중에 없어졌어. 지난번에도 제대로 인사하지 않고 사라졌거든."

"그렇다면 또 만날 수 있다는 거네?"

그 말을 듣고 린타로는 곤혹스러운 표정을 지었다.

"그게 그렇게 좋아? 난 영문을 알 수 없는 이런 사건에 반장을 끌어들이고 싶지 않아."

"이미 충분히 끌어들였거든."

사요는 일부러 밝은 목소리로 대답한 뒤 그대로 일어서서 크게 기지개를 폈다.

서점 밖에는 선명한 햇살이 비치고 있었다. 서점 안의 시계를 보자 이제 막 들어온 것처럼 시간이 얼마 지나지 않았다. 모든 게 꿈이 아닐까 여길 만큼 그곳에는 흔하디흔한 일상이 있었다.

투명한 아침 햇살에 눈을 가늘게 뜨면서 사요는 화제를 바꾸었다.

"나쓰키, 이사 준비는 잘되고 있어?"

"아직 안 했어."

"아직? 그래도 괜찮은 거야?"

린타로는 살짝 고개를 갸웃거렸다.

"괜찮지는 않지만 왠지 납득이 안 돼서……."

"납득?"

"어떻게 말해야 좋을지 모르지만 여기를 떠나고 싶지 않은 마음이라고 할까? 그렇게 태평하게 말할 때가 아니란 건 아는데, 아무래도 결심이 서지 않아. 그래서 지금 조용히 생각하고 있어."

'생각한다고 해서 어떻게 되는 건 아니잖아.'

사요는 자신의 생각을 말하지 않았다. 다만 입을 다문 채 먼 곳을 바라보는 친구의 옆얼굴을 의외라는 눈길로 바라보았다.

린타로의 말은 평소처럼 모호하기 이를 데 없었다. 무슨 말을 하는지 알 수 없고, 때로는 도중에 흐지부지되는 일도 있었다. 하지만 그것은 우유부단하다든지 결단력이 없다는 것과는 조금 다르다. 구태여 말하자면 가슴속에 있는 수많은 생각과 진지하게 마주하려는 태도라고 할까.

'나쓰키는 이런 녀석이었구나……'

사요는 특별한 것이라도 발견한 듯이 눈을 크게 떴다.

소극적이고 미덥지 못한 친구의 안쪽에서 바보스러울 만큼 솔직하고 진지한 모습을 보았기 때문이다.

그때 몇몇 여고생들의 화려한 웃음소리가 문 밖을 지나갔다.

그것을 계기로 사요는 밝은 목소리로 말했다.

"나쓰키, 책 좀 추천해줘."

"책을 추천해달라고? 내가 추천하는 책은 꽤나 어려울 텐데."

"상관없어. 아무리 어려워도 줄거리만 읽지는 않을 테

니까."

"그 마음가짐, 마음에 들어."

린타로는 웃으면서 고개를 끄덕인 뒤, 책장을 쳐다보면서 오른손으로 살며시 안경테를 만지작거렸다.

가만히 책장을 바라보는 모습은 마치 경험도 많고 사려도 깊은 노련한 학자 같아서, 사요는 자기도 모르게 움찔거렸다.

"자아…… 뭐가 좋을까?"

혼잣말처럼 중얼거리는 린타로의 말에서는 평소의 미덥지 못한 모습은 사라지고 활력과 자신감이 넘쳤다.

아침 햇살을 등진 채 생각에 잠긴 친구를 사요는 한동안 눈을 가늘게 뜨고 눈부시게 쳐다보았다.

3
장

세 번째 미궁

'팔아치우는 자'

"오늘 수업은 이걸로 끝이다. 조심해서 가라."

교단 위에서 담임 교사의 명쾌한 목소리가 들리자 그와 동시에 교실 안의 학생들이 앞을 다투어 일어섰다.

"드디어 끝났다!"

"아아, 배고파."

"넌 오늘도 동아리야?"

그런 목소리가 날아다니면서 교실 안은 즉시 소란스러움에 휩싸였다.

유즈키 사요도 노트와 교과서를 재빨리 가방 안에 넣고 일어섰다. 그러면서 창가를 힐끔 쳐다보자 시끌벅적 떠드는 아이들 너머로 빈자리가 하나 보였다.

"오늘도 또 안 왔군⋯⋯."

나쓰키 린타로의 자리다.

원래 존재감이 없기 때문에 학교에 오지 않는다고 해서 교실의 분위기가 바뀌는 것도 아니고, 특별히 신경 쓰는 학생도 없다. 며칠 전까지만 해도 사요도 다른 학생들과 똑같았다.

하지만 지금은 다르다.

반을 이끄는 반장이기 때문이라든지 같은 동네에 살아서 알림장을 가져다줘야 하기 때문이라든지 이런저런 이유를 들 수도 있지만, 그것만이 아니라는 사실은 사요 자신도 잘 알고 있다.

존재감이 없는 책벌레 소년에 불과했던 린타로는 바야흐로 기묘한 얼룩고양이와 함께 사요의 가슴에 깊숙이 자리 잡았다.

"나쓰키 녀석, 오늘도 안 왔어?"

별안간 그런 말이 들려서 사요는 복도 쪽을 돌아보았다.

창문 너머로 키 큰 상급생의 모습이 보였다.

농구부 주장이자 학년 수석의 두뇌를 자랑하는 아키바 료타였다. 이제 막 수업이 끝난 교실에 지나치리만큼 상큼한 웃음을 흩뿌리며 여학생들의 뜨거운 시선과 환호성을 받고 있다.

"아키바 선배, 무슨 일이에요?"

사요는 노골적으로 차갑게 쳐다보았다.

두 사람 모두 학생회 소속이라 서로 얼굴은 알고 있지만, 이 우수한 선배가 걸치고 있는 경박한 분위기를 사요는 좋아하지 않았다. 좋아하지 않는 사람에게 빈말을 하는건 성격에 맞지 않아 적당히 거리를 두고 있는데, 아키바는 그것을 알아차리고 오히려 재미있어하며 일부러 말을 걸어오곤 했다.

"나쓰키 녀석, 계속 안 나오네. 참 골치 아픈 녀석이라니까."

"같이 땡땡이치던 선배가 그렇게 말하니까 설득력이 별로 없네요."

"왜 그렇게 까칠해? 난 가족을 잃고 서점에 틀어박힌 가엾은 후배를 위로해주러 간 것뿐이야."

아키바는 지나가던 여학생에게 윙크를 날리면서 손발이 오그라드는 말을 입에 담았다.

사요는 아키바를 노려보면서 말했다.

"그럼 위로하러 가는 김에 알림장을 부탁해도 되나요? 어제 받은 프린트도 있어요."

"뭐야, 네가 가져다주면 되잖아."

"할아버지를 떠나보내고 풀이 죽어 있는 남학생을 어떻게 위로해야 좋을지, 저에겐 너무 어려워서요. 이런 건 남자끼리 하는 편이 더 좋지 않나요?"

"미안하지만 두뇌도 외모도 성격도 운동 신경도, 그 녀석과 나는 너무 차이가 나서 서로 이해하기 힘들거든."

아키바는 여전히 실실 웃으면서 독설을 내뿜었다.

그리고 의미심장한 미소를 던지며 덧붙였다.

"그리고 나쓰키 서점에서 책을 샀다면 역시 네가 가야 하지 않을까?"

그의 시선은 사요가 들고 있는 큼지막한 단행본에 꽂혔다.

"관악부 부부장님께서 고전을 좋아하는 줄 몰랐는걸."

"서점에 틀어박혀 책만 읽는 친구를 보고 있자니, 저도 한번 읽어볼까 하는 마음이 생겨서요. 하지만 아무리 넘겨도 글자만 빼곡히 쓰여 있어서, 어깨도 뻐근하고 짜증도 나네요."

"하지만 제인 오스틴은 탁월한 선택이야. 문학 입문서로써 들어가기도 쉽고 여자에게 어울리기도 하고. 역시 나쓰키라니까."

아키바의 말투가 약간 바뀌었다.

만면에 미소를 짓는 눈가에 평소의 아키바답지 않게 부드러운 빛이 깃들었다.

'정말 못 말려……'

사요는 마음속으로 한숨을 쉬었다.

책을 좋아하는 사람은 책 이야기만 나오면 눈빛부터 달라진다. 그런 모습에 살며시 당황하면서 사요는 『오만과 편견』을 다시 껴안았다.

"그럼 나머지는 잘 부탁해, 린 짱('짱'은 주로 어린아이에게 붙이는 애칭 – 옮긴이)."

통통 튀는 목소리와 함께 엔진 소리가 울리고, 하얀색 피아트 500이 경쾌하게 달리기 시작했다.

어느새 해가 기울고 땅거미가 내려앉으면서, 새파란 겨울 하늘은 쪽빛으로 물들기 시작했다.

고모가 탄 작은 자동차를 배웅하면서 린타로는 걱정을 끼치지 않으려고 과장스럽게 오른손을 흔들었다. 하얀색 차가 모퉁이를 돌아간 걸 확인하고 나서 겨우 한숨을 내쉬었다.

"린 짱이라니. 전 어린애가 아니에요, 고모……."

그게 솔직한 심정이었다.

귓가에는 지금 막 사라진 고모의 통통 튀는 목소리가 남아 있었다.

"린 짱, 잘 들어. 필요한 물건을 정리해서 이사 갈 준비를 해둬."

할아버지가 돌아가신 이후, 매일 린타로의 집에 들르던 고모가 드디어 이사 날짜를 말해주었다.

밝고 낙천적인 성격의 고모에 대해, 생각만큼 신경을 쓰지 않아도 되어서 내심 안도했다. 고모는 작은 체구에 통통하며 애교가 넘치는 사람으로, 몸을 웅크린 채 하얀색 피아트에 올라타는 모습은 옛날 그림책에 나오는 숲의 난쟁이를 연상케 했다.

하지만 외모에서는 상상도 할 수 없을 만큼 척척 일을 해내는 사람으로, 할아버지의 방도 정리를 거의 끝냈다.

"계속 집에만 틀어박혀 있으면 마음이 먼저 패배해."

그 말이 고모의 배려라는 것은 린타로도 알고 있다. 이대로 계속 멍하니 서점에 틀어박혀 있을 수는 없다. 하지만 린타로의 마음이 아직 어딘가에 멈춰 있는 것도 사실이다.

고모의 피아트를 배웅하고 있을 때, 마침 도로 건너편에서 사요를 발견하고 린타로는 안도의 한숨을 내쉬었다.

"웬일이야? 네가 밖에 나와 있다니, 오늘 아침 해가 서쪽에서 떴나?"

사요는 여느 때처럼 쾌활한 발걸음으로 가까이 다가왔다.

"학교에서 오는 거야?"

"학교에서 오는 거냐고? 지금 그런 말을 할 때야? 또 무단결석을 했잖아. 도대체 생각이 있어, 없어?"

사요의 날카로운 시선에는 어설픈 배려가 없어서 오히려 기분이 좋았다.

린타로는 화제를 바꾸기 위해 황급히 길 건너편으로 시선을 돌렸다.

"고모님이야. 이사 준비를 하라고 말하러 오셨어. 모레 이삿짐센터 사람이 온대."

"모레?"

기선을 제압당한 사요는 찡그렸던 얼굴을 폈다.

"할아버지가 떠난 지 일주일이 지났으니까. 세상모르는 철부지 고등학생을 언제까지나 혼자 내버려둘 수는 없겠지 뭐."

"여전히 남의 일처럼 태평하게 말하는구나."

"태평한 건 아니지만……."

"또 혼자 이런저런 생각을 하는군. 가끔은 생각을 그만

두고 머릿속을 비우지 않으면 뇌에 과부하가 걸릴 거야.”

미리 앞질러 말하는 사요를 보고 린타로는 쓴웃음을 짓는 수밖에 없었다.

“네가 알림장을 가져다주러 오는 것도 오늘이 마지막일 거야.”

“오늘은 알림장을 주러 온 게 아니야.”

사요는 옆구리에 끼고 있던 책을 린타로 앞에 내밀었다.

“굉장히 재미있었어.”

이번에는 린타로가 놀랄 차례였다.

“벌써 다 읽었어?”

“그래. 덕분에 이틀간 제대로 못 잤더니 지금도 눈이 저절로 감겨.”

말투는 귀찮은 듯했지만 눈에는 미소가 담겨 있었다. 사요는 그 눈을 서점 안으로 향했다.

“이번에는 어떤 책을 추천해줄래? 이사 갈 때까지 이틀밖에 안 남았다면 두세 권을 한꺼번에 사가지 뭐.”

사요는 그렇게 말하더니 린타로의 대답도 듣지 않고 서점 안으로 들어갔다.

린타로도 황급히 사요를 따라 서점 안으로 향했다. 그러다 문턱을 넘은 곳에서 갑자기 멈춘 사요에게 부딪혔다.

"왜?"

그리고 서점의 안쪽을 보고 사태를 이해할 수 있었다.

"참 좋을 때군, 2대."

미소도 짓지 않고 그렇게 말한 것은 부드러운 털 사이에서 비취색 눈동자가 반짝이는, 풍채 좋은 얼룩고양이였다.

얼룩고양이는 푸르른 빛을 뿌리는 책장 통로를 등지고 여유롭게 서 있었다.

"여전히 한가해 보여서 다행이군."

"미안하지만 이사 준비로 바쁘거든."

"어설픈 변명이야. 준비는 하나도 안 했잖아?"

린타로의 저항을 깨끗이 물리친 얼룩고양이는 가볍게 고개를 돌려 사요를 향하더니 정중하게 고개를 숙였다.

"또 만나서 영광이군. 2대를 항상 보살펴줘서 고마워."

"천만의 말씀."

사요는 당황하기는커녕 오히려 이 상황을 즐기고 있었다. 뛰어난 적응력은 너무도 유능한 반장다운 모습이었다.

"다시는 못 만날 줄 알았어."

"그런 편이 좋았을까?"

"무슨 말이야? 이렇게 만나서 얼마나 기쁜지 몰라. 요전에도 즐거웠고."

꾸밈없는 말에 얼룩고양이는 기분 좋은 듯이 수염을 움찔거렸다. 그리고 즉시 비취색 눈을 린타로에게 향했다.

"실로 쾌활하고 매력적인 아가씨야. 말은 그럴듯하게 하면서 행동은 하지 않고, 모든 일에 소극적인 애송이와는 천지차이군."

"그 말을 부정하지는 않지만 그렇다고 네 불법 침입이 용서되는 건 아니야. 매번 벽 너머에서 나타나 사람을 놀라게 하는데 너 같으면 기분 좋겠어?"

얼룩고양이는 초연하게 대답했다.

"걱정하지 마. 이번이 마지막이니까."

"마지막?"

"그래."

얼룩고양이는 그렇게 말한 뒤, 숨을 한 번 쉬고 나서 덧붙였다.

"한 번만 더 도와줘."

얼룩고양이의 나지막한 목소리가 서점 안에 메아리쳤다.

"이번이 마지막 미궁이야."

끝이 보이지 않는 책장 통로를 걸으면서 얼룩고양이는 감정을 죽인 목소리로 말했다.

양쪽 벽에는 거대한 책장이 늘어서고 머리 위에는 점점이 램프가 켜 있는 신비한 복도를, 린타로와 사요는 얼룩고양이를 따라 말없이 걸었다.

"너는 지금끼지 많은 책을 해방시켜줬어. 그것에 대해선 고마워하고 있어."

독설가인 얼룩고양이답지 않은 말을 듣고 린타로는 냉정하게 대꾸했다.

"새삼스럽게 무슨 인사야? 마치 이별을 위한 준비 같잖아."

"그런 뉘앙스가 없는 건 아니야."

얼룩고양이의 에두른 대답에 린타로는 항의하듯 힘주어 말했다.

"나타날 때도 갑자기 나타나 깜짝 놀리게 하더니, 사라질 때도 말하지 않고 사라지려고?"

"할 수 없어. 고양이란 동물은 원래 인간의 사정을 생각하지 않고 행동하니까."

"내가 아는 고양이는 적어도 너처럼 독설을 퍼붓지는 않거든."

"아직 세상을 모르는군. 나 같은 고양이는 이 세상에 얼마든지 있어."

뒤도 돌아보지 않고 그렇게 말하는 얼룩고양이를 보고 린타로는 쓸쓸하게 웃는 수밖에 없었다.

"그런 일방적인 폭언을 더 이상 들을 수 없게 되는 건 안타깝군."

"서두를 거 없어. 모든 건 이 미궁을 뛰어넘은 다음의 이야기니까."

얼룩고양이가 발길을 멈추고 린타로를 돌아보았다. 이번 눈빛은 유달리 진지했다.

"세 번째 미궁의 주인은 좀 골치 아픈 사람이야."

얼룩고양이는 그렇게 말하면서 린타로를 바라보던 비취색 눈을 사요에게로 옮겼다. 말없이 듣고 있던 사요는 별안간 얼룩고양이의 시선을 받고 얼굴을 찡그렸다.

"왜?"

"마지막 상대는 지난번 두 사람과 달라."

"위험하니까 나더러 집에 가란 소리야?"

얼룩고양이는 직접적인 대답을 피하더니, 거드름을 피우며 발로 얼굴을 문질렀다.

"어떻게 나올지 짐작도 할 수 없는 상대야. 아마 2대는 한층 더 너를 걱정하겠지."

"이번에는 야옹이가 나쓰키 편을 드는구나?"

"그건 아니야."

"아니라고?"

"내게 네 존재는 예상 밖이야. 하지만 너를 만난 게 우연이라고 생각하지는 않아."

기이한 대답에 사요와 린타로는 서로 얼굴을 마주 보았다.

"네가 여기에 있는 덴 이유가 있을 거야. 그래서 억지로 되돌려 보내고 싶지 않아."

당황한 사람은 사요가 아니라 오히려 린타로였다.

"그게 무슨 소리야?"

하지만 얼룩고양이는 아랑곳하지 않고 사요를 향해 깊숙이 고개를 숙였다.

"무슨 일이 있을 때는 2대를 잘 부탁해."

나지막하면서도 강력한 목소리였다.

사요는 한순간 침묵하고 나서 여느 때보다 더 매혹적인 미소로 대꾸했다.

"날 그만큼 높이 평가한다는 뜻이지?"

"2대는 머리가 나쁘지는 않아. 하지만 배짱이 없어서 중요할 때는 엉거주춤하지. 그래서 미덥지 못해."

"동감이야."

린타로가 간신히 두 사람의 대화에 끼어들었다.

"본인을 앞에 두고 너무하는 거 아냐? 사요, 무슨 일이 일어날지 모르니까 같이 갈 필요 없어."

"예전의 나라면 그런 말을 들으면 되돌아갔겠지. 하지만 지금은 너한테 무슨 일이 생기면 나도 곤란하거든."

생각지도 못한 말에 린타로는 말문이 막혔다. 그러자 사요가 장난스럽게 한쪽 눈을 찡긋거렸다.

"네가 없으면 다음 책을 추천받을 수 없잖아."

사요의 밝은 목소리에 얼룩고양이가 희미하게 미소를 지었다.

그리고 "좋아" 하고 한마디 하고는 훌쩍 몸을 돌려 다시 걷기 시작했다. 사요도 망설이지 않고 얼룩고양이 뒤를 따랐다.

남겨진 린타로에게 다른 선택지는 없었다. 황급히 뒤를 따라가기 시작한 순간, 즉시 새하얀 빛이 주변을 감쌌다.

빛이 사라진 후의 광경은 너무도 기이했다.

맨 처음 눈에 들어온 것은 완만한 곡선을 이루는 좁은 통로였다. 넓이는 지금까지 걸어온 복도와 비슷했지만 그것 말고는 모든 것이 달랐다.

우선 머리 위에는 맑고 푸른 하늘이 펼쳐져 있었다. 지금까지처럼 램프가 늘어선 어두컴컴한 복도가 아니라 실외라는 증거였다. 양쪽에는 린타로의 키보다 훨씬 높은 벽이 이어져 있어서 주위를 볼 수는 없었시만, 쏟아지는 밝은 햇살 덕분에 탁 트인 분위기를 느낄 수 있었다.

하지만 이내 심상치 않은 광경이 앞을 가로막았다.

맨 처음 소리를 지른 사람은 사요였다.

"어? 이게 뭐야!"

날카로운 비명 같은 새된 소리가 울려 퍼졌다. 소리는 지르지 않았지만 린타로의 마음도 마찬가지였다.

통로의 양쪽에 우뚝 솟아 있는 벽은 아무렇게나 쌓아놓은 책이었다.

더구나 가지런히 쌓아올린 상태가 아니었다. 어느 책은 잘려 있고 어느 책은 구겨져 있으며, 아래쪽 책은 위쪽 책의 무게에 짓눌려 책의 형태를 제대로 유지하지 못했다. 아무런 생각도 없이 함부로 책을 쌓은 결과, 상당한 높이가 되어버린 것이다.

린타로처럼 책을 좋아하는 사람이 아니라도 기분 좋은 광경은 아니었다.

"가자."

얼룩고양이의 말을 듣고 린타로와 사요는 제정신으로 돌아왔다.

말문이 막혔다. 어이없는 속마음은 침묵으로 대신하는 수밖에 없었다.

린타로와 사요는 누가 먼저랄 것도 없이 얼굴을 마주 보고 살짝 고개를 끄덕인 뒤 걸음을 내디뎠다.

정적이 내려앉은 통로는 불규칙한 커브로 되어 있고, 앞이 보이지 않아서 곧바로 방향 감각을 잃어버렸다. 그렇지 않아도 퇴폐한 공기와 어울리지 않는 밝은 햇살 덕분에 한층 압박감과 허무감이 느껴져서, 조잡한 근대 예술작품 사이를 억지로 걷고 있는 듯한 기분이 들었다.

많이 걸었는지 적게 걸었는지도 모를 만큼 거리감을 알 수 없었다. 잠시 후 통로의 앞쪽에서 거대한 회색 벽이 보인 순간, 사요는 가슴을 쓸어내리며 말했다.

"앞이 막혔어."

"목적지라는 건가?"

린타로가 일단 걸음을 멈추고 머리 위를 올려다보았다.

앞쪽을 가로막은 단조로운 회색 벽에는 정사각형 창문이 수도 없이 자리하고 있었다. 창문이 있는 커다란 벽은 아득한 머리 위에 있는 새하얀 안개 속으로 녹아들었다.

책으로 된 양쪽 벽에 가로막혀 전체의 모습은 알 수 없었지만, 아무래도 통로 끝에는 거대한 고층 빌딩 같은 건물이 우뚝 솟아 있는 것 같았다.

두 사람과 한 마리는 다시 걸음을 옮겼다.

이윽고 회색 빌딩 입구에 도착하자 웅장하고 거대한 유리문이 있고, 문 위에는 입구를 뜻하는 'entrance'라는 멋진 글자까지 걸려 있었다.

"저기로 들어오라는 건가?"

얼룩고양이는 딱히 감동받은 모습도 없이 성큼성큼 입구로 다가갔다.

문으로 다가가자 유리문이 소리도 없이 열리며 린타로 일행을 맞이했다. 그와 동시에 어디선지 모르게 청결한 보라색 정장을 입은 여성이 나타나서 인사를 했다.

"'세계제일출판사'에 오신 걸 환영합니다."

완벽한 기계적인 목소리와 기계적인 웃음이었다. 더구나 자기 입으로 '세계 제일'이라고 하다니, 보통 배짱이 아니다.

"성함과 용건을 여쭤봐도 될까요?"

소름이 끼칠 만큼 밝은 목소리에 기선을 제압당해, 린타로는 가까스로 입을 열었다.

"건물 밖에 책이 산처럼 쌓여 있었는데, 그건 뭔가요?"

"건물 밖에요?"

여성은 웃음을 매단 채 고개를 왼쪽으로 30도쯤 기울였다. '너무도 겸손하여 오히려 무례하게 보인다'는 말은 이런 상황을 가리키는 게 아닐까. 린타로는 기묘한 곳에서 고개를 끄덕였지만 지금은 감탄할 때가 아니었다.

"건물 밖에 책이 몹시 마구잡이로……."

"어머나! 고객님, 지금 밖을 걸어 다니셨나요? 그건 대단히 위험합니다. 다치지 않으셔서 다행이네요."

여성은 가슴에 손을 얹더니 이마를 찡그리며 최대한 걱정하는 표정을 지었다.

형용할 수 없는 피로감이 스르르 밀려왔다. 한숨을 내쉬는 린타로의 귀에 고양이의 냉정한 목소리가 들렸다.

"그만둬, 2대. 아무리 봐도 이 여자는 대화 상대가 아니야."

"그런 것 같긴 하지만……."

어깨를 들썩이는 린타로를 보고 여성이 다시 말했다.

"성함과 용건을 여쭤봐도 될까요?"

통째로 암기한 듯한 기계적인 질문에 린타로는 잠시 생각하고 나서 대답했다.

"저는 나쓰키 린타로라고 합니다. 용건은…… 사장님을

만나는 거라고 할까요?"

린타로는 입에서 나오는 대로 적당히 대답했다. 여성은 예의 바르게 고개를 숙이더니 즉시 옆의 접수대로 걸어갔다. 그리고 수화기를 들고 무슨 말인가 한 다음 다시 돌아와서 고개를 숙였다.

"기다리게 해서 죄송합니다. 사장님께서 만나신다고 합니다."

"지금 즉시요?"

"물론이에요. 모처럼 오신 손님이니까요."

여성은 일방적으로 말하더니 대답도 듣지 않고 앞장서서 걸어갔다.

요령이 좋은지 나쁜지 알 수 없다. 어떤 의도가 있는지, 원래부터 의도나 생각이 없는지는 모르지만, 이쨌든 쓸데없는 대화에서 해방된 것은 사실이다.

"약속도 없이 불쑥 찾아온 손님을 만나주다니, 사장님이 의외로 친절한 분이 아닐까?"

린타로의 중얼거림을 듣고, 사요가 재빨리 옆으로 다가와 귀엣말을 했다.

"무슨 태평한 소리야? 사장님들은 원래 대머리에 뚱뚱보에 성격도 좋지 않아. 방심하면 큰코다칠걸."

사요의 일방적인 편견에 주눅이 들면서도 린타로는 일단 여성의 뒤를 따라갔다.

여성이 안내해준 곳은 장식 하나 없이 똑바로 뻗어 있는 통로였다. 발밑에는 윤기가 흐르는 새카만 화강암이 깔려 있어서, 린타로 일행의 모습이 거울처럼 보일 정도다. 먼지 하나 없는 새카만 통로 한가운데에는 새빨간 카펫이 외길처럼 깔려 있고, 여성이 그 위를 종종걸음으로 걸어갔다.

잠시 걸어가다 갑자기 멈춰서더니 여성이 뒤를 돌아보았다.

"여기부터는 안내하는 사람이 바뀝니다."

새빨간 카펫 끝에 검은색 정장 차림의 남자가 서 있었다.

남자는 지나칠 정도로 정중하게 고개를 숙이고는 억양이 없는 목소리로 말했다.

"여기부터는 가방이나 소지품을 가져가실 수 없습니다."

그런 말을 들을 필요도 없이 린타로 일행은 아무것도 가지고 있지 않았다. 남자는 할 말만 하더니 가방이나 소지품이 있는지 확인하지도 않고 등을 돌린 채 걸음을 내디뎠다. 린타로와 사요는 서로 얼굴을 마주 보고 나서 이번에는 남자의 뒤를 따라갔다.

잠시 걸어가자 앞쪽에 파란색 정장 차림의 남자가 서 있었다.

정장의 색깔은 다르지만 파란색 정장의 남자는 검은색 정장의 남자처럼 깊숙이 고개를 숙이더니, 눈썹 하나 까딱하지 않고 말했다.

"여기부터는 권위와 직책을 가져가실 수 없습니다."

남자는 할 말만 하고 검은색 정장의 남자처럼 등을 돌린 채 앞장서서 걸어갔다.

"설마 장난하는 건 아니겠지?"

"장난이 통할 상대라면 좋겠는데……."

얼룩고양이의 대답에는 긴장이 잔뜩 묻어 있었다.

파란색 정장의 남자를 따라가자 다음에는 노란색 정장 차림의 남자가 기다리다가 이렇게 말했다.

"여기부터는 악의와 적의를 가져가실 수 없습니다."

린타로는 이제 따질 마음도 들지 않았다.

노란색 정장의 남자를 따라 통로를 빠져나가자 넓은 홀이 나왔다.

다음 순간, 린타로와 사요의 입에서 동시에 작은 탄성이 새어나왔다.

그곳은 넓은 원통형 공간으로, 천장이 보이지 않을 정도로 높았다. 주변을 둘러보니 홀 여기저기에 위쪽을 향해 수많은 계단이 아무렇게나 솟아 있었다. 계단은 상공에서 복잡하게 엇갈리면서 몇 층에 걸쳐 거미집처럼 공중 회랑을 이루었다.

마치 정밀한 우주선의 내부 골격을 보는 것 같았다.

"여기까지 오느라 수고하셨습니다."

노란색 정장의 남자가 그렇게 말하며 앞쪽을 가리켰다.

빨간 카펫은 홀의 중앙으로 이어지고, 카펫 끝에는 머리 위로 올라가는 커다란 엘리베이터가 놓여 있었다. 엘리베이터 옆에 빨간색 정장 차림의 남자가 서 있다가 린타로 일행에게 다가와 지금까지 남자들이 그랬던 것처럼 예의 바르게 고개를 숙였다. 그와 동시에 엘리베이터 문이 열리고 유리로 둘러싸인 네모난 공간이 나타났다.

"사장님께서 기다리고 계십니다. 타십시오."

평평한 목소리가 이끄는 대로 린타로 일행이 타려고 한 순간, 빨간색 정장의 남자가 얼룩고양이 앞을 가로막고 정중하게 고개를 숙인 뒤 기계적인 목소리로 말했다.

"죄송하지만 여기서부터는 개나 고양이를 가져가실 수 없습니다."

린타로와 사요가 깜짝 놀란 반면, 얼룩고양이는 당황하지 않았다. 뿐만 아니라 항의하려는 린타로를 날카로운 눈길로 제지했다.

"내가 아까 말했잖아. 이번 상대는 골치 아프다고."

얼룩고양이는 어떻게든 반박하려고 하는 린타로에게서 고개를 돌리고 사요를 쳐다보았다.

"네가 있어서 정말 다행이야. 이 미덥지 못한 2대를 혼자 보내는 건 너무도 불안하거든."

"그것 때문에 내가 온 걸지도 몰라."

사요가 가볍게 미소를 짓자 얼룩고양이의 비취색 눈에도 희미한 미소가 번져나갔다. 그들의 대화를 차단하듯 빨간색 정장의 남자가 단호하게 말했다.

"최상층 버튼을 누르십시오."

최상층 버튼이라고 해도 안에는 버튼이 하나밖에 없다. 커다란 금속판 한가운데에 있는 버튼에 일부러 '최상층'이라고 써놓은 것이다.

그것은 곧……

"돌아가는 버튼은 없어."

"확실히 결말을 짓고 자기 힘으로 돌아오라는 거군."

린타로는 가볍게 한숨을 쉬고 나서 엘리베이터 밖에 있는 얼룩고양이를 보았다.

그리고 잠시 입을 다문 다음에 조용히 말했다.

"다녀올게, 파트너."

"부탁해, 2대."

흔들림 없는 얼룩고양이의 목소리에 떠밀리듯 린타로는 최상층 버튼을 눌렀다. 재빨리 문이 닫히고 엘리베이터는 가벼운 진동과 함께 움직이기 시작했다.

빨간색 정장의 남자와 얼룩고양이를 내버려두고 올라가기 시작한 엘리베이터는 즉시 공중 회랑 안으로 뛰어들었다. 그리고 속도를 올려서 수많은 직선이 교차하는 기하학적인 입체구조물 안으로 들어갔다.

넓은 공간을 종횡으로 가득 메우고 있는 계단에 사람의 그림자는 보이지 않아서, 마치 사람을 속이기 위한 커다란 그림처럼 보였다.

"계단을 걸어가라고 하지 않아서 다행이야. 저곳을 걸어가야 했다면…… 상상만 해도 끔찍해."

린타로의 입에서 중얼거림이 새어나왔다.

무거운 침묵을 떨치기 위한 유머라는 걸 깨닫고 사요는 생긋 미소를 지었다.

"왠지 불안해."

"오만방자한 얼굴로 입만 떼면 독설을 퍼붓는 고양이라

도 없는 것보단 있는 편이 낫네. 하긴 아무리 하찮은 거라도 가끔은 쓸모가 있으니까."

"고양이가 들으면 화내겠다."

두 사람은 얼굴을 마주 보고 작게 웃었다.

엘리베이터 밖은 서서히 어두워지고 있었다. 건물 안에 있어도 해가 저물어가는 게 느껴졌다. 창밖의 복잡한 구조물이 어둠 속으로 가라앉아 앞이 보이지 않자 엘리베이터가 계속 올라가는지 멈추었는지 알 수 없었다.

린타로는 거의 무의식적으로 중얼거렸다.

"처음에는 돌아갈 수 없어도 좋다고 생각했어."

사요는 말없이 그의 옆얼굴을 바라보았다.

"처음에 기묘한 얼룩고양이를 따라왔을 때는 꿈이라면 깨지 않아도 좋고, 꿈이 아니라면 못 돌아가도 상관없다고 생각했지."

린타로는 안경의 위치를 바로잡듯 안경테를 만졌다.

"하지만 그 녀석이 나타나고 나서 생각할 게 많아졌어. 눈에 보이는 경치가 달라진 것 같아."

"쉽게 포기하는 성격이 조금이라도 적극적으로 변했다면 그것만으로도 좋은 일이잖아."

정곡을 찌르는 사요의 말을 듣고 린타로는 쓸쓸하게 웃

었다.

"소극적인 성격은 인정하지만 반장을 위험에 빠뜨리고 싶지 않은 건 사실이야."

"너 혹시 가끔 여자를 꼬시는 거 아니야? 아니면 책을 많이 읽어서 말을 잘하는 거야?"

"바꿔서 말할게. 이상한 일에 휘말리게 해서 미안해."

"그런 걸 쓸데없는 배려라고 하거든. 난 지금 정말 즐거워. 더구나 의외의 면을 보고 자극도 받았고."

"의외의 면?"

"아무것도 아니야."

사요는 그렇게 대답하고 소리 높여 웃었다.

사요의 머릿속에는 기묘한 지하 연구실에서 하얀 옷의 학자를 상대로 당당하게 논쟁을 펼쳤던 린타로의 모습이 새겨져 있었다. 사요에게는 강렬한 임팩트를 안겨준 광경이었지만 린타로가 그런 사실을 알 리 없다.

무슨 말이냐고 되물으려던 순간, 엘리베이터가 속도를 줄이더니 생각할 틈도 없이 멈춰 섰다.

소리도 없이 문이 열리고 밖에는 어두컴컴한 공간이 펼쳐져 있었다. 공간이 얼마나 큰지는 모르지만, 한가운데에 깔린 붉은 카펫이 갈 곳을 가리키듯 앞쪽으로 쭉 뻗어 있었다. 붉은 카펫 끝에 있는 것은 기하학적 무늬의 조각이 새겨진 중후한 나무 문이었다.

"나쓰키, 부탁해."

"뭘 어떻게 해야 힐지 모르겠어."

자신 없이 말하는 린타로를 향해 사요가 침착하게 말했다.

"괜찮아. 넌 네가 생각하는 것보다 배짱이 있어. 특히 책 이야기라면 조금도 두려워할 필요가 없어. 아키바 선배도 너한텐 한 수 접어주고 있으니까."

생각지도 못한 이름이 등장해서 린타로는 당황스러웠다.

"아키바 선배가?"

"나만 보면 네 칭찬을 해. 약간 경박한 면이 내 타입은 아니지만 거짓말하는 사람은 아니잖아."

맑게 갠 겨울 하늘처럼 사요의 말은 상쾌했다.

린타로의 가슴속에 서서히 따뜻함이 퍼져나갔다. 용기라고 말하면 과장이고, 용기를 만들어내는 샘물에 가깝다고 할까?

사요의 하얀 손이 린타로의 등을 토닥거렸다.

"나쓰키, 꼭 나를 데리고 돌아가."

린타로가 발을 내밀어 부드러운 카펫을 밟았다.

불안하지 않다고 하면 거짓말이다.

'하지만!' 하고 린타로는 마음을 굳게 먹고 앞을 쳐다보았다.

지금은 앞으로 나아가야 한다는 확신이 들었다.

린타로는 숨을 크게 토해낸 후 앞을 향해 똑바로 걷기 시작했다.

"넌 정말로 책을 좋아하는구나."

아키바 료타의 경쾌한 목소리가 린타로의 귀를 자극했다.

린타로가 막 고등학교에 입학해서 이 우수한 선배를 알게 된 지 얼마 되지 않았을 무렵이었다.

가끔 나쓰키 서점에 들르는 한 학년 위의 상급생에 대해, 린타로는 항상 어느 정도 거리를 두고 대응했다.

상대는 농구부 에이스에다 학년 수석을 유지하면서 학생회 활동도 하는, 혀를 내두를 만한 재능의 소유자였다. 할아버지의 고서점에 틀어박혀 은둔 생활을 하는 린타로와는 사는 세계가 다른 것이다.

그런 우수한 상급생이 왜 나쓰키 서점에 오는지, 딱 한 번 진지하게 물어본 적이 있다.

"그야 물론 좋은 책이 있기 때문이지."

아키바는 어이없는 표정으로 그렇게 대답했다.

그래도 린타로가 의아한 표정을 풀지 않자 아키바는 혀를 차며 말했다.

"이 서점이 얼마나 대단한지 모르다니, 너희 할아버지께서 한탄하시겠군."

그리고 나쓰키 서점의 매력에 대해 눈을 반짝이며 일장 연설을 했다.

여기에는 전 세계의 명작들이 전부 놓여 있다. 모두 오랜 세월을 뛰어넘은 특별한 작품인데, 평범한 서점에서는 그런 작품이 자취를 감추어 구하기 쉽지 않다.

"그런데 여기 오면 그런 책을 구할 수 있어."

아키바는 눈앞의 책장을 노크하듯 가볍게 두드렸다.

"폴 앤더슨(Poul Anderson, 미국의 SF 작가-옮긴이)이나 벤저민 존슨(Benjamin Jonson, 영국의 극작가이자 시인, 비평가-옮긴이)의 책이 없는 건 어쩔 수 없더라도, 최근에는 카프카나 카뮈 작품도 없는 곳이 많고, 셰익스피어의 작품도 갖추어놓은 서점이 거의 없지."

린타로가 이유를 물어보자 아키바는 간단히 대답했다.

"팔리지 않으니까."

맥이 빠질 만큼 짧은 대답이었다.

"서점은 자원봉사가 아니잖아. 책이 팔리지 않으면 꾸려나갈 수 없어. 그래서 팔리지 않는 책은 사라지지. 그런데 이 고서점은 팔리지 않는 책만 진열해놓는 것처럼, 묵직하고 중후한 책들이 가득해. 뭐 고서점이니까 그렇게 할 수 있을지 모르지만, 좌우지간 여기에 오면 어지간한 희귀본이 아니면 웬만한 대표작은 거의 구할 수 있거든."

아키바는 책장의 나무판을 탁탁 때리면서 그렇게 말하더니, 히쭉 웃으며 린타로를 바라보았다.

"더구나…… 이 어렵고 방대한 장서에 대해 자세하게 설명해주는 안내인도 있고."

"안내인요?"

"뱅자맹 콩스탕(Benjamin Constant, 스위스 태생의 프랑스인으로 수필가 겸 정치가 – 옮긴이)의 『아돌프』란 책 있어? 요전에 인터넷에서 재미있는 책이라고 쓰여 있는 걸 봤거든. 다른 서점에선 찾을 수 없었어."

"있어요."

린타로는 고개를 끄덕인 뒤, 안쪽 책장에서 낡고 작은 중편소설을 꺼내왔다.

"저자는 뱅자맹 콩스탕. 독특한 심리묘사로 유명한 작품이에요. 19세기 초반의 프랑스 작품일 거예요."

린타로가 내민 책에는 손도 대지 않고, 아키바는 책과 린타로를 신기한 얼굴로 번갈아 보았다. 그리고 도저히 참을 수 없다는 듯 소리를 내며 즐겁게 웃었다.

"넌 정말로 책을 좋아하는구나."

나쓰키 서점에는 어울리지 않는 유쾌한 웃음소리였다.

"'세계제일출판사'에 오신 걸 환영합니다."

거대한 문을 밀어 연 순간, 우렁찬 목소리가 실내에 울려 퍼졌다.

실내라고 해도 학교 교실만큼 커다란 공간이다.

천장에는 거대한 샹들리에가 매달려 있고 발밑에는 발소리를 완전히 없앨 만큼 푹신한 카펫이 깔려 있었으며, 사방의 벽은 새빨간 커튼이 점령하고 있다.

쓸데없이 고급스런 느낌이 떠다니는 화려한 공간의 맨 안쪽에는 묵직한 빛을 뿌리는 커다란 책상이 있고, 책상 건너편에서는 사람의 그림자가 보였다. 새하얀 머리칼이 인상적인, 빼빼 마른 초로의 신사였다.

스리피스를 단정하게 차려입은 신사는 검은색 사무용 의자에 여유 있게 몸을 맡긴 채 마주 잡은 손을 책상에 얹고 온화한 눈길로 린타로와 사요를 쳐다보았다.

사요가 작은 목소리로 속삭였다.

"내가 생각했던 이미지랑 완전히 달라. 대머리도 뚱뚱보도 아닌 사장은 처음 봐. 혹시 사장인 척하고 자질구레한 일을 걱정하는 중간관리자 아니야?"

편견에 사로잡힌 사요의 말을 듣고 린타로는 미소를 지었다. 사요의 거리낌 없는 말을 듣자 기분이 상쾌해지면서 마음이 가벼워졌다.

의자에 앉은 신사가 오른손을 들고 인사를 했다.

"들어오세요. 내가 이 회사의 사장입니다."

사장은 들어 올린 오른손으로 눈앞의 소파를 가리켰다. 그곳에 앉으라는 뜻이겠지만, 왠지 주눅이 들어서 푹신한 털에 감싸인 화려한 소파에 앉을 수 없었다. 사장도 끈질기게 권하지 않았다.

"일부러 찾아와 주셔서 감사합니다. 여기까지 오기 힘드셨죠? 입구에서 멀기도 하고 보안도 확실하니까요."

"소중한 친구가 출입금지라서 들어올 수 없었어요."

"아아!"

사장은 하얀 눈썹 밑의 눈을 가늘게 뜨며 말했다.

"그건 죄송하게 됐습니다……. 내가 얼룩고양이를 싫어해서요."

"껄끄러우신가요?"

"껄끄러운 게 아니라 싫어합니다. 특히 머리가 좋은 얼룩고양이는 말이죠."

부드러운 미소가 감도는 입에서 칼처럼 날카로운 말이 튀어나왔다. 한순간 린타로의 몸이 딱딱하게 굳어졌지만, 눈치를 챘는지 못 챘는지 적어도 사장의 얼굴에서는 변화를 알 수 없었다.

"나쓰키 서점에서 오신 손님에게 실례인 줄 알지만 이것만은 어쩔 수 없습니다."

"나쓰키 서점을 아시나요?"

사장은 좁은 턱을 어루만지면서 대답했다.

"물론이죠. 요즘 같은 세상에 팔리지도 않는 어려운 책을 산더미처럼 쌓아놓고 자기만족에 젖어 있는 시대착오적인 고서점은 흔치 않으니까요. 의리도 책임도 중압감도 없는 마음 편한 곳이라서 부럽기 그지없습니다."

사장은 그렇게 말하고 나서 히쭉 웃었다.

이번에야말로 기습 공격이자 확실한 선전포고였다.

갑작스러운 공격에 사요는 당황했지만 린타로는 주춤거리지 않았다.

덕분에 사장의 웃음 뒤에 험악한 공기가 흐르고 있다는

사실을 처음부터 알아차릴 수 있었다. 파트너인 얼룩고양이를 쫓아낸 시점에서 보통 상대가 아니라는 것은 이미 예상했지만.

사장은 린타로를 힐끔 쳐다보며 계속해서 온화한 말투와 표정으로 덧붙였다.

"그런 괴이한 고서점에서 온 손님이라 흥미롭게 기다렸습니다. 어떤 망언을 하실까 해서요……."

"사장실 인테리어는 좀 더 생각하시는 편이 좋을 것 같군요."

린타로가 말의 화살을 돌리자 유들유들한 사장도 대답이 궁한 모양이었다.

"인테리어?"

"머리가 지끈거릴 만큼 번쩍번쩍한 샹들리에나 쓸데없이 답답한 카펫을 깔아놓고 손님에게 과시하는 태도는 악취미에 불과해요. 일부러 그러시는 게 아니라면 일찌감치 바꾸는 편이 좋을 겁니다."

사장은 미소는 거두지 않은 채 하얀 눈썹을 살짝 움찔거렸다.

하지만 린타로는 말을 멈추지 않았다.

"무례한 말씀을 드려서 죄송합니다. 하지만 비록 적의를 사더라도 상대를 진심으로 위한다면 이상한 일은 제대로 가르쳐주는 게 좋다고 할아버지께서 그러셨거든요. 너무도 한심해서 보기 힘들었습니다."

"나쓰키, 그만해."

사요가 당황하며 말리는 바람에 린타로는 겨우 입을 다물었다.

어울리지 않게 시비조였다고 스스로도 생각했다.

이런 공격적인 태도는 자신과 맞지 않는다는 걸 알고 있다. 오히려 소박하고 따분해도 이치를 따지며 천천히 이야기하는 편이 특기이다. 무엇보다 그러는 편이 타당하고 건설적이기도 하다. 그런 사실을 알면서도 린타로는 지금 반격을 시도하고 있다. 거기에는 이유가 있다. 비웃음을 당한 게 자신이 아니라 나쓰키 서점이었기 때문이다.

초로의 사장은 잠시 꼼짝도 하지 않더니 이윽고 작게 숨을 토해냈다.

"아무래도 내 짐작이 틀린 것 같군요. 나쓰키 서점에 이렇게 기개 있는 소년이 있는 줄 몰랐습니다."

"기개 같은 건 없습니다. 저는 다만 책을 좋아하는 것뿐이죠."

"그렇군요."

사장은 대범한 표정으로 고개를 끄덕였다.

그러고는 잠시 생각에 잠기더니 이번에는 머리를 좌우로 흔들었다.

"책을 좋아한다고요? 이거 참 난감하군요."

반쯤 혼잣말처럼 중얼거리곤 가느다란 팔을 내밀어 책상 위에 있는 커다란 버튼을 눌렀다. 달칵 하는 소리와 함께 낮은 기계음이 들리고, 벽을 가리고 있던 새빨간 커튼이 천천히 열리기 시작했다.

린타로가 들어온 벽을 제외하고 삼면의 커튼이 일제히 움직이더니, 갑자기 바깥의 빛이 실내로 들어왔다.

처음에는 린타로도 어떤 상황인지 알 수 없었다. 너무도 눈이 부셔서 가늘게 뜬 탓이었다.

아무래도 린타로가 있는 곳은 삼면이 유리창으로 된 초고층 빌딩인 듯했다. 창문 밖으로 몇 개의 거대한 빌딩이 보였다.

빌딩의 모든 유리창에서는 연신 새하얀 물체가 뿜어 나오고, 그 물체는 눈처럼 하늘하늘 춤을 추며 땅으로 내려갔다.

이윽고 눈이 익숙해질 즈음에 "아!" 하는 사요의 짧은 비명이 들렸다. 그와 동시에 린타로도 창밖의 풍경을 이해하고 숨을 들이마셨다.

허공에서 흩날리는 눈처럼 보이는 것. 무수한 창문에서 쏟아져 나와 허공에서 춤을 추다 아득한 지상을 향해 떨어지는 것. 그것은 모두 책이었다.

빌딩의 창문 밖으로 잇따라 내던져지는 수많은 책들이 바람에 휘날리면서 오른쪽으로 왼쪽으로 흔들리다 땅으로 떨어졌다. 빌딩 자체가 눈보라에 휩싸인 것처럼 보이는 곳도 있어서, 그것이 모두 책이라고 하면 상상을 초월한 숫자였다.

허공만이 아니었다. 밑을 내려다보자 지상에도 믿기 힘든 광경이 펼쳐졌다. 지상의 구석구석까지 수천, 수만 권의 책이 쌓여서 책의 황야가 펼쳐져 있었다.

린타로와 사요는 입을 다물 수 없었다. 손을 내밀면 닿을 만한 곳에서 책이 떨어지고 있다. 즉 그들이 있는 빌딩에서도 책을 버리고 있다는 뜻이다.

"저게 뭔지 알아요?"

사장이 온화한 미소를 지으며 물었다.

"잘은 모르겠지만 끔찍한 광경이라는 것만은 분명하군요."

"저게 바로 지금의 현실이죠."

린타로는 말문이 막혔다.

"이 건물은 세계에서 가장 큰 출판사로, 매일 하늘의 별만큼 많은 책을 출판하고 있습니다. 저 밑에 있는 지상을 향해서요."

"제가 보기엔 아무 의미도 없이 종이다발을 토해내 쓰레기를 만드는 것처럼 보이는데요."

"그게 현실이니까요."

사장은 태연하게 대답하더니, 갑자기 오만하게 말하기 시작했다.

"여기는 이 세계에서 가장 큰 출판사예요. 매일 산더미처럼 책을 만들고 그 책을 팔아치우고 있습니다. 그곳에서 얻은 이익으로 또 책을 만들어 또 팔아치우고, 또 책을 만들어 또 팔아치워서 이익을 얻고 있죠."

화려한 황금 반지를 낀 사장의 손이 창밖으로 떨어지는 책처럼 허공에서 하늘하늘 춤을 추었다.

린타로는 어떻게든 상황을 이해하려고 애를 썼지만 쉬운 일이 아니었다.

그때 이 빌딩까지 걸어오는 도중에 봤던, 어지러이 쌓여 있는 수많은 책이 떠올랐다. 그 기이한 풍경과 눈앞에서 떨어지는 수많은 책과 사장의 침착한 목소리가 린타로의 생각을 꽁꽁 묶어서 당혹과 곤혹의 늪으로 끌고 들어갔다. 밖을 걸어왔다고 하니까 안내하는 여성이 위험하다고 했는데, 그 말이 무슨 뜻인지 드디어 알게 되었다.

"장난이라고 해도 웃을 수 없군요. 책은 던지는 게 아니라 읽는 겁니다."

"아직 어려서 뭘 모르는군요."

사장은 책상 위에 있던 책을 아무렇게나 들고 나서 덧붙였다.

"책은 소모품에 불과합니다. 그 소모품을 어떻게 하면 효율적으로 소비하게 만들지 생각하는 게 우리가 할 일이고요. 이건 책을 좋아하는 사람은 도저히 할 수 없는 일입니다. 여하튼……."

사장은 검은색 의자를 빙글 돌리더니 바로 옆의 창문을 열고, 들고 있던 책을 휙 던졌다. 창밖에서 춤을 추던 책은 한순간 무슨 생각이 난 것처럼 공중에서 펼쳐지더니 이내 시야에서 사라져갔다.

"이게 우리가 할 일이죠."

린타로는 그제야 깨달았다. 마지막 상대는 지금까지 만났던 두 사람과 다르다는 얼룩고양이의 말이 무슨 뜻인지.

예전에 만났던 두 사람은 기이하긴 하지만 책을 좋아하

고 사랑하는 사람이었다. 하지만 지금 눈앞에 있는 남자에게선 책에 대한 애착을 조금도 느낄 수 없었다. 애착이 없을 뿐만 아니라 너무도 태연하게 책을 쓰레기처럼 대하고 있었다.

무슨 일을 저지를지 상상도 안 된다는 말은 바로 이런 뜻이었다.

"나쓰키, 괜찮아?"

린타로는 사요의 목소리에 정신을 차렸다.

옆을 쳐다보자 친구의 안타까운 시선이 린타로를 향하고 있었다.

린타로는 고개를 끄덕이고 나서 시선을 다시 검은색 사무용 의자에 앉아 있는 사장을 향했다.

"저는 친구로부터 책을 구해달라는 부탁을 받고 여기에 왔습니다."

"책을 구해달라고?"

"그렇습니다. 아마 당신을 말려달라는 뜻이겠죠."

"참 어리석군요. 조금 전에 말했지만 이건 어디까지나 일입니다. 그런데 누가 뭐를 구한다는 거죠? 그건 앞뒤가 맞지 않아요."

"당신은 책을 종잇조각처럼 대하시더군요. 그런 태도로

책을 만들면 과연 읽는 사람에게 뭐가 전해질까요? 안 그래도 책 읽는 사람이 점점 줄어들고 있습니다. 그런데 그런 태도로 책을 만들면 사람의 마음에서 책이 떠나고, 책 읽는 사람도 더 줄어들지 않을까요?"

린타로의 추궁을 듣고 백발의 사장은 한동안 꼼짝도 하지 않았다.

새하얀 눈썹 밑의 눈은 감정의 기복이 느껴지지 않아서 무슨 생각을 하는지 알 수 없었다. 입가에는 온화한 미소가 감돌아 분위기는 더욱 종잡을 수 없었다.

잠시 침묵이 이어진 뒤, 갑자기 사장의 좁은 어깨가 파르르 떨렸다. 작은 진동은 점점 큰 흔들림으로 이어지더니, 사장은 이윽고 폭발하듯 웃음을 터뜨렸다.

"아하하하하!"

건조한 웃음소리가 사장실을 가득 메웠다.

어안이 벙벙한 린타로와 사요 앞에서 한바탕 웃음을 터뜨린 사장은 가까스로 웃음을 참는 것처럼 왼손을 머리에 대고 오른손으로 책상을 두세 번 치고 나서 겨우 입을 뗐다.

"당신은 참 바보로군요."

웃음은 배어 있지만 그 말에는 가위로 싹둑 자르는 듯한 차가움이 배어 있었다.

"아니, 당신만 바보라고 하는 건 옳지 않아요. 당신처럼 오해하는 사람은 세상에 넘쳐나니까요."

"오해요……?"

"그래요. 뭐가 오해냐고요? 책이 팔리지 않는다는 게 오해예요. 아하하하하!"

다시 주위가 떠나갈 듯 크게 웃고 나서 사장은 말을 이었다.

"책이 팔리지 않는다는 말은 헛소리일 뿐입니다. 책은 아주 잘 팔리고 있어요. 실제로 '세계제일출판사'는 오늘도 손님이 끊이지 않았거든요."

"혹시 빈정거림인가요?"

"빈정거림이 아니라 사실입니다. 책을 파는 건 아주 쉬운 일이죠. 단순한 한 가지 원칙에서만 벗어나지 않으면 말이에요."

상대의 기세에 눌려 입을 다문 린타로를 즐거운 얼굴로 바라보면서, 사장은 숨겨놓은 마술의 비밀을 밝히듯 작은 목소리로 말했다.

"'팔리는 책을 만든다'는 원칙입니다."

기묘한 말이었다.

기묘한 말이긴 하지만 그 말에는 기이한 설득력이 담겨

있었다.

사장이 다시 미소를 지었다.

"그래요. 우리 출판사는 뭔가를 전하기 위해 책을 만드는 게 아닙니다. '세상이 원하는 책'을 만들고 있죠. 사람들에게 전하고 싶은 메시지나 후세에 전해야 할 철학, 잔혹한 진실이나 난해한 진리 같은 건 아무래도 상관없어요. 세상은 그런 걸 원하지 않아요. 출판사에 필요한 건 '세상에 무엇을 전하느냐'가 아닙니다. '세상이 무엇을 원하는지 아는 것'이죠."

"그건…… 아주 위험한 말씀이군요."

"위험한 걸 알아차리는 걸 보니, 당신은 우수한 사람일지 모르겠군요."

사장은 웃으면서 책상 위의 담배를 들고 천천히 불을 붙였다.

"하지만 진리입니다. 실제로 그렇게 해서 우리 출판사는 순조롭게 이익을 올리고 있으니까요."

피어오르는 보라색 연기 너머로 수많은 책들이 소리도 없이 떨어졌다.

"나쓰키 서점에서 자랐다면 알 거예요. 요즘 사람들은 너무나 바빠서 두꺼운 문학 작품에 허비할 시간도, 돈도 없죠. 하지만 사회적 지위를 유지하는 데 아직 독서만큼 매력적인 건 없어요. 그래서 어려운 책으로 빈약한 이력서를 화려하게 장식하기 위해 기를 쓰고 있죠. 그런 사람들이 원하는 게 무엇인지 생각해 우리는 책을 만들고 있습니다. 그리하여!"

사장이 고개를 쭉 내밀고 덧붙였다.

"허접한 요약이나 줄거리를 써놓은 책이 미친 듯이 팔리는 거죠. 아하하하!"

사장은 다시 어깨를 흔들며 통쾌하게 웃었다.

"자극을 원하는 독자에게는 폭력이나 노골적인 성행위를 안겨주면 돼요. 상상력이 없는 독자에게는 '실화'라고 한마디만 곁들이면, 그것만으로 발행 부수가 수십 퍼센트 올라가고 매출은 순조롭게 성장해서 만만세!"

린타로는 점점 속이 메슥거리기 시작했다.

"그래도 책에 손을 내밀지 않는 사람에게는 단순한 정보를 항목별로 쓰면 됩니다. 성공하기 위한 다섯 가지 조건이라든지, 출세하기 위한 여덟 가지 방법이라든지. 독자는 그런 책을 읽으니까 출세하지 못한다는 사실은 끝까지 눈치채지 못하죠. 하지만 책을 판다는 최대의 목적은 무사히 달성하는 겁니다."

"그만하세요."

"그만할 수 없어요!"

사장의 외침에는 아무런 감정도 담겨 있지 않아서, 실내 온도가 2도쯤 내려간 것처럼 공기가 싸늘해졌다.

린타로의 등에서는 오싹한 한기가 느껴졌지만, 이마에는 희미한 땀방울이 떠올랐다.

사장은 의자를 약간 돌려서 린타로를 비스듬하게 노려보았다.

"당신이 가치를 발견한 책과 세상이 원하는 책은 전혀 달라요."

사장의 눈에 린타로를 가여워하는 빛이 감돌았다.

"생각해봐요. 나쓰키 서점에 손님이 오나요? 요즘 세상에 마르셀 프루스트나 로맹 롤랑을 읽는 사람이 있습니까? 누가 거금을 내고 그런 책을 사죠? 많은 독자들이 책에서 원하는 게 뭔지 압니까? 가벼운 것, 저렴한 것, 자극적인 것입니다. 책은 독자들의 그런 요구에 맞춰 모습을 바꿔나가는 수밖에 없어요."

"그러면 정말로……."

린타로는 필사적으로 다음 말을 찾았다.

"책은 야위어갈 거예요."

"책이 야위어간다고요? 재미있는 말을 하는군요. 하지만 시적인 표현을 썼다고 해서 책이 많이 팔리는 건 아닙니다."

"많이 팔리는 게 전부는 아니에요. 적어도 저희 할아버지는 자신이 믿은 방식을 끝까지 굽히지 않으셨어요."

"그러면 팔리지 않는 책을 늘어놓고 세계의 명작과 같이 죽을 겁니까, 나쓰키 서점처럼?"

린타로는 이마에 주름을 잡고 사장을 노려보았다.

지금은 그러는 수밖에 다른 방법이 없었다.

"진리도, 윤리도, 철학도, 그런 건 아무도 관심이 없어요. 다들 삶에 지쳐서 자극과 치유만을 원하고 있죠. 그런 사회에서 책이 살아남기 위해서는 책 자체가 모습을 바꾸는 수밖에 없습니다. 확실히 말하죠. 책에서 가장 중요한 건 팔리는 거라고! 아무리 걸작이라도 팔리지 않으면 사라지게 됩니다."

린타로는 가벼운 현기증을 느끼고 손으로 이마를 짚었다. 그 손으로 살며시 안경테를 만지작거렸지만 여느 때처럼 생각이 정리되지 않았다. 상대의 말이 너무도 예상 밖이기 때문이었다.

책의 진정한 매력이나 가치에 대해서라면 얼마든지 말

할 수 있었다. 그런데 사장이 지금 말한 책의 가치에 대해서는 생각해본 적이 없었다. 처음부터 바라보는 세계가 다른 것이다.

"나쓰키, 괜찮아?"

린타로는 사요의 목소리에 정신을 차렸다.

그리고 왼팔에 강한 기운을 느끼고 옆을 돌아보았다. 사요가 어느새 옆으로 다가와 린타로의 팔을 꽉 잡은 것이다.

"괜찮아."

"괜찮지 않은 것 같은데?"

"그래도 괜찮아."

사요는 잠시 꼼짝도 하지 않고 책상 너머의 사장을 노려보았다.

"저 사람의 말은 이상해. 그것만은 틀림없어."

"나도 이상하다고 생각해. 하지만 이치는 틀리지 않아."

사요가 말에 힘을 주어 말했다.

"이치 문제가 아니야. 난 이치나 논리 같은 건 잘 몰라. 하지만 저 사람의 말은 부자연스러워."

린타로는 흠칫 놀라며 사요의 옆얼굴을 보았다.

그와 동시에 예전에 들었던 얼룩고양이의 말이 뇌리에 떠올랐다.

'이 미궁에서 가장 강한 건 진실의 힘이지. 하지만 모든 게 진실은 아니야. 어딘가에 반드시 거짓이 있어.'

그 말이 맞는다고 린타로는 고개를 끄덕였다.

사장의 말이 너무나 과격해서 자기도 모르게 휘말렸다. 분명히 충격적인 말이기는 하지만 그곳에는 기묘한 위화감이 감돌았다.

린타로는 다시 안경테를 만지작거렸다.

다시 사장의 비아냥거리는 목소리가 들렸다.

"생각해봤자 소용없어요. 나쓰키 린타로 군."

사장의 목소리와 함께 짙은 담배 연기가 피어올랐다.

"당신은 아직 젊어요. 물론 받아들이고 싶지 않은 현실도 있겠죠. 하지만 나는 당신보다 오래 살아서 이 세상의 시스템을 잘 알아요. 책의 가치를 정하는 건 감동의 깊이가 아니라 발행 부수죠. 현대 사회에서 모든 가치를 정하는 건 돈입니다. 이 규칙을 잊어버리고 이상(理想)을 향해 달려가는 사람은 사회에서 탈락할 수밖에 없어요. 슬픈 일이지만요."

상대를 설득하는 끈질긴 목소리, 무게가 느껴지는 독특한 목소리.

그 목소리는 노골적으로 린타로의 생각을 가로막으려고

했다. 하지만 린타로의 불안한 생각을 지탱하듯 사요의 손이 린타로의 팔을 꽉 잡았다.

사장이 소리를 내지 않고 조용히 웃었다.

린타로는 열심히 생각했다.

생각하고 또 생각해서 겨우 한 걸음 나아가면 그 즉시 사장의 웃음소리와 불쾌한 담배 냄새가 짙은 안개처럼 피어올랐다. 그래도 린타로는 안개를 헤치며 앞으로 나아갔다. 잠시도 멈추지 않고 계속……

린타로는 커다란 책상 너머에 앉아 있는 위압적인 상대를 똑바로 쳐다보았다.

"분명히 나쓰키 서점은 독특한 고서점이에요. 손님도 많지 않고 책도 거의 팔리지 않죠. 하지만 아주 특별한 곳이에요."

사장은 린타로에게 실망했다는 듯 고개를 좌우로 흔들었다.

"'실망'이라는 단어를 알아요? 지금 내 심경에 딱 맞는 단어죠. 당신의 개인적인 생각 같은 건 아무래도 상관없습니다."

"개인적인 생각이 아닙니다. 그곳에 오는 사람들은 모두 저와 똑같이 생각해요. 그 작은 고서점에는 할아버지의 특별한 마음이 넘치고 있어서, 문턱을 넘으면 누구나 그걸 느낄 수 있죠. 그래서 특별한 곳입니다."

"정말로 막연하고 관념적이군요. 그렇게 모호한 말로는 어느 누구도 설득할 수 없어요. 좋아요, 그럼 할아버지의 특별한 마음이란 것에 대해 좀 더 구체적으로 이야기해주겠어요?"

"말씀드릴 필요가 없습니다. 당신의 마음과 똑같으니까요."

다음 순간, 사장이 움직임을 멈추더니 한동안 꼼짝도 하지 않았다.

사장의 손가락 끝에서 피어오르는 연기가 천천히 가늘어지다 이윽고 끊어졌다.

사장이 눈을 가늘게 뜨면서 입술을 움직였다.

"지금 무슨 말을 하는지 이해가 되지 않는군요."

"그것도 거짓말이에요."

사장의 새하얀 눈썹이 한번 움찔거렸다.

"당신은 조금 전에 책은 소모품이라고 했습니다. 책을 좋아하는 사람은 할 수 없는 일이라고도 했고요."

"그래요, 틀림없는 사실입니다."

"그건 거짓말이에요!"

린타로의 강력한 목소리가 커다란 공간에 울려 퍼졌다.

사장의 손에 있는 담배에서 담뱃재가 떨어졌다.

"조금 전에 그러셨잖아요. 살아남기 위해선 책이 모습을 바꾸는 수밖에 없다고. 그건 곧 책이 살아남기를 바라고 있다는 증거입니다. 책을 단순한 소모품이라고 생각한다면 그런 말은 못 하실 테니까요."

"미묘한 평계를 대는군요."

"지금은 미묘한 게 중요하기 때문이죠. 책을 단순한 종잇조각이라고 생각한다면 뭐 하러 책을 만들겠어요? 그런 일은 당장 그만두면 돼요. 하지만 당신은 책이 살아남을 수 있도록 최선을 다하고 있어요. 당신은 책을 좋아해요. 그래서 죽을힘을 다해 거기에 앉아 있는 겁니다. 저희 할아버지처럼요."

린타로의 목소리가 끊어짐과 동시에 무거운 침묵이 내려앉았다.

실내는 쥐 죽은 듯 조용하고, 창밖에서는 가끔 생각난 것처럼 소리도 없이 책이 떨어졌다. 밑으로 떨어지는 책의 숫자가 눈에 띄게 줄어들었다.

사장은 잠시 린타로를 뚫어지게 쳐다보다가 이윽고 천천히 의자를 돌려 창밖의 황량한 풍경을 바라보았다.

사장의 입에서 겨우 말이 새어나왔다.

"그건 아무래도 상관없어요. 논점을 바꾸어선 안 됩니다. 내가 무슨 생각을 하든 현실을 똑바로 바라봐야 하죠. 책은 계속 야위어가요. 사람들은 야위어가는 책에 모이죠. 책 또한 그렇게 모이는 사람들에게 대응하려고 하고 있습니다. 그 사이클은 어느 누구도 막을 수 없죠. 아무리 특별한 마음이 있어도 나쓰키 서점에 오는 손님이 계속 줄어든다는 게 가장 좋은 증거가 아닐까요?"

사장의 말이 끝나기도 전에 바람을 가르며 상쾌한 목소리가 날아왔다.

"당신 멋대로 말하지 말아요!"

사장과 린타로는 동시에 목소리의 주인을 바라보았다.

린타로의 옆에 있던 사요가 봄바람처럼 상큼한 목소리로 말을 이었다.

"나쓰키 서점에 계속 손님이 줄어들다니, 당신 멋대로 생각하지 말아요. 그곳에는 성격은 좀 그렇지만 머리가 좋은 아키바 선배라는 단골손님도 있고, 지금은 저도 손님 중 한 사람이에요."

그렇게 가슴을 펴고 당당하게 말할 정도의 손님은 아니다. 그럼에도 사요의 목소리는 한없이 시원하고 한 치의 망설임도 없었다.

하지만 사장은 조금도 동요하지 않고 이내 반박했다.

"그 정도 손님으론 돈을 벌 수 없습니다. 물건이 팔리지 않으면 장사는 아무런 의미가 없죠. 서점은 자선 사업이 아니니까요."

"그러면 얼마를 벌면 만족하시겠어요?"

"얼마요?"

생각지도 못한 린타로의 질문을 받고 사장은 눈을 크게 떴다.

"할아버지께서 종종 말씀하셨어요. 돈 이야기를 시작하면 끝이 없다고. 100만 엔이 있으면 200만 엔을 원하게 되고, 1억이 있으면 2억을 원하게 된다고. 그러니까 돈 이야기는 그만두고 오늘 읽은 책 이야기를 하자고. 서도 서점이 돈을 벌지 않아도 된다고 생각하지는 않아요. 하지만 돈을 버는 일만큼 중요한 일이 있다는 건 알고 있습니다."

린타로는 마음에 떠오른 말을 하나씩 퍼올리듯 입에 담았다. 상대를 설득하려는 태도도 아니고 타이르려는 말투도 아니다. 그저 자신의 생각을 전하기 위해 말하는 것이다.

"당신이 책을 만드는 사람이라면 아무리 당신 뜻대로 되지 않아도 책을 소모품이라고 말해서는 안 돼요. 큰 소리로 당당하게 말해야 합니다. '나는 책을 좋아해요!' 하고요. 제 말이 틀렸나요?"

사장은 그렇게 말하는 린타로를 뚫어지게 쳐다보았다.

그리고 책상 위에서 두 손을 깍지 낀 채 눈부신 햇살이라도 바라보듯 눈을 가늘게 떴다.

"내가 그렇게 말하면 뭔가가 바뀌나요?"

사장의 말이 끝나기도 전에 린타로가 대답했다.

"당연히 바뀌죠. 책을 좋아한다고 말한 순간, 좋아하지 않는 책은 만들 수 없게 되니까요."

그러자 사장은 눈을 크게 뜨고 나서 입술 끝을 약간 움직였다. 그것이 쓴웃음이란 걸 알아차리는 데는 시간이 필요했다.

어느새 창밖에서는 춤추며 떨어지는 책이 보이지 않았다. 마치 시간이 멈춘 것처럼 고요함이 모든 것을 감쌌다.

"그렇게 살면 고생을 많이 해야 되죠."

사장은 겨우 그렇게 말하더니 린타로를 정면으로 똑바로 바라보았다.

린타로는 사장의 눈을 피하지 않았다.

"책을 소모품이라고 말하면서 거기 앉아 있는 것도 고생이 아닐까요?"

"그렇군요······."

사장이 작게 중얼거린 순간, 방문이 열리고 접수처 여성이 얼굴을 내밀었다.

"이제 시간이 됐습니다."

사장은 가볍게 한 손을 들어 여성을 물러가게 했다.

다시 침묵을 지키며 미동조차 하지 않던 사장은 이윽고 천천히 오른손을 내밀어 문을 가리켰다. 여성이 나간 중후한 문이 소리도 없이 열리고, 엘리베이터로 이어지는 붉은 카펫이 나타났다.

그러는 사이에도 사장은 입을 열지 않았다.

린타로와 사요가 서로 얼굴을 마주 보았다. 그리고 사장의 책상을 뒤로하고 걸음을 내디딘 순간, 등 뒤에서 사장의 목소리가 들렸다.

"당신의 건투를 빕니다."

린타로는 뒤를 돌아 책상 앞에 앉은 사장을 쳐다보았다.

새하얀 눈썹 밑에서 빛나는 두 눈동자는 여전히 감정을 읽어내기 힘든 조용한 빛을 머금고 린타로를 바라보았다.

린타로는 한 박자 두고 나서 대답했다.

"당신도요."

사장은 그런 대답을 예상치 못했는지 눈을 크게 뜨더니,

이번에는 확실히 입가에 미소를 담았다.

생각 밖으로 다정한 웃음이었다.

"수고했어."

푸르른 빛이 가득한 책장의 복도에서 귀에 익은 나지막한 목소리가 들렸다.

앞에서 걸어가던 얼룩고양이가 어깨 너머로 린타로와 사요를 돌아보았다.

"잘해낸 것 같군."

"잘해냈는지는 모르지만 어쨌든 사장님은 미소를 지으며 배웅해줬어."

"그거면 충분해."

얼룩고양이는 고개를 끄덕이고 나서 소리 없이 발길을 내디뎠다.

푸르른 빛, 양쪽 벽을 가득 메운 수많은 서적과 점점이 켜진 램프. 그런 신비한 광경은 어느새 눈에 익은 광경으로 바뀌었다. 린타로와 사요는 그런 광경 속에서 얼룩고양이를 따라 걸음을 옮겼다.

짤막한 위로의 말을 건넨 뒤 얼룩고양이는 입을 다문 채 계속 걷기만 했다. 침묵이 더 많은 말을 해주고 있었다.

린타로가 조심스럽게 입을 열었다.

"이걸로 끝이라고 했지?"

"그래."

얼룩고양이가 그렇게 말하며 걸음을 멈춘 순간, 그곳은 어느새 나쓰키 서점 안이었다. 갈 때 그토록 길었던 게 거짓말인 것처럼 올 때는 너무도 가까웠다.

얼룩고양이는 두 사람을 서점 중간까지 안내하더니, 그대로 살포시 몸을 뒤집은 다음 린타로와 사요의 발밑을 빠져나가 통로로 돌아갔다.

특별한 인사도 없었다. 린타로가 황급히 입을 열었다.

"가는 거야?"

"그래, 가는 거야."

얼룩고양이는 린타로를 향해 깊숙이 고개를 숙였다.

"덕분에 많은 책을 해방시켰어. 정말 고마워."

푸르른 빛을 등진 채 고개를 숙이는 얼룩고양이 한 마리.

모든 것이 현실과 동떨어져 있음에도, 그 모습에서 한없는 진지함을 발견하고 린타로는 할 말이 없었다.

"너는 세 개의 미궁을 모두 네 힘으로 뛰어넘었어. 내 역할은 이걸로 끝이야."

사요가 황급히 끼어들었다.

"끝이라니…… 이제 만날 수 없어?"

"만날 수 없어. 만날 필요도 없고."

"하지만……."

사요는 곤혹스러운 눈길로 린타로를 쳐다보았다. 우두 커니 서 있던 린타로는 커다란 한숨과 함께 말을 토해냈다.

"만약 이게 진짜 이별이라면 한마디만 할게."

"무슨 말이든 상관없어. 욕을 해도 좋고, 원망을 해도 좋아. 네 마음이 풀릴 때까지 말해."

"대단한 건 아니야. 고마워, 이 말을 하고 싶었어."

린타로는 그렇게 말하고 고개를 숙였다.

생각지도 못한 말에 사요는 물론 얼룩고양이도 몹시 놀란 표정을 지었다.

"에두른 비아냥거림이야?"

린타로는 고개를 들고 미소를 지었다.

"말도 안 돼. 나도 조금은 알고 있어."

"알고 있다니, 뭘?"

의아한 표정을 짓는 얼룩고양이를 향해 린타로는 천천히 고개를 끄덕였다.

"너는 책을 해방시키고 싶다면서 내 앞에 나타났지. 그러기 위해 내 힘을 빌리고 싶다면서 말이야. 하지만 사실은 그것과 달라."

얼룩고양이는 꼼짝도 하지 않고 비취색 눈으로 린타로를 물끄러미 바라보았다.

"할아버지가 세상을 떠난 뒤, 나는 될 대로 되라는 심정이었어. 엄마도 아빠도 없는데 할아버지까지 떠나다니. 모든 것에 분노가 치밀고 염증을 느낀 데다 자포자기 상태에 빠졌지. 넌 그런 때 불쑥 나타났어."

린타로는 쑥스러움을 감추기 위해 머리를 긁적였다.

"그때 네가 나타나지 않았다면 나는 지금 웃는 얼굴로 서 있을 수 없었을 거야. 너는 내게 힘을 빌려달라고 했지만 정말로 힘을 받은 건 나였어."

린타로는 얼룩고양이를 쳐다본 뒤, 한 번 숨을 쉬고 나서 말을 이었다.

"넌 서점에 틀어박혀 있던 나를 밖으로 끌어내줬어. 고마워."

얼룩고양이가 나지막한 목소리로 대꾸했다.

"서점에 틀어박히는 건 좋은 일이야. 우리가 걱정한 건 네가 '네 껍질' 안에 틀어박혔던 거지."

"내 껍질……."

"껍질을 깨뜨려."

얼룩고양이는 나지막하면서도 배의 밑바닥까지 닿을 듯한 깊은 목소리로 대답했다.

"고독에 지지 마. 너는 혼자가 아니야. 많은 친구들이 너를 지켜보고 있어."

신비한 말이었다.

결연한 말이기도 하면서 따뜻한 작별의 말이기도 했다.

린타로는 수많은 질문을 집어삼킨 채 조용히 얼룩고양이를 바라보았다.

할아버지가 세상을 떠난 지 얼마 지나지 않았다. 하지만 기묘한 얼룩고양이와 같이 있음으로써 우울한 시간은 밝은 시간으로 바뀌었다. 그것이 기묘한 얼룩고양이가 안겨준 최대의 선물이었다.

현실적이지 않다는 건 알고 있다. 의문도 해결되지 않았다. 더구나 의문이라고 해도 무엇부터 물어야 좋을지 모른다.

"고마워. 이 말만은 꼭 하고 싶었어."

"좋은 마음가짐이야."

얼룩고양이가 빙긋이 웃었다.

그리고 우아하게 고개를 숙인 뒤 가볍게 몸을 돌리더니, 희미한 빛으로 가득한 책장의 통로로 뛰어들어 바람을 가르고 뛰어갔다.

그때까지 얼룩고양이는 한 번도 돌아보지 않았다.

린타로와 사요는 말없이 얼룩고양이의 등을 바라볼 뿐
이었다.

창백하고 부드러운 빛의 저편으로 얼룩고양이가 녹아
들어간 순간, 두 사람의 눈앞에는 당연한 듯 낡은 서점의
나무 벽이 가로막고 있었다.

손님도 오지 않았는데 도어벨에서 맑은 소리가 한 번 울
려 퍼졌다.

4
장

마지막 미궁

오랫동안 사용한 웨지우드 찻잔에 둥그스름한 하얀 티
포트를 기울이자 아삼티의 부드러운 향기가 피어올랐다.

그곳에 각설탕 하나와 우유 듬뿍.

은 스푼으로 살며시 젓자 새하얀 원이 매끈한 활을 그리
며 퍼져나가더니 눈 깜짝할 사이에 차에 녹아들었다. 찻잔
을 손에 들고 입으로 가져갈 때가 가장 행복한 순간이다.

린타로는 만족스럽게 고개를 끄덕였다.

"이제 제법 익숙해졌군."

홍차를 타는 일이…….

아침에 서점 청소를 마친 뒤 홍차를 타는 것이 할아버지
의 일과였다. 그 일과를 따라한 지 약 일주일, 스스로 생각

해도 제법 그럴듯해졌다는 생각이 들었다.

"린 짱!"

갑자기 탄력 있는 목소리가 들려서 린타로는 문 쪽을 돌아보았다.

사람 좋아 보이는 둥근 얼굴의 여성이 문 밖의 밝은 빛을 등지고 얼굴을 내밀었다.

"오늘 이사 가는 날인지는 알지? 준비는 다 됐어?"

'여전히 어린애 취급이군.'

린타로는 씁쓸하게 웃으며 찻잔을 내려놓고 문 쪽으로 향했다.

하얀 앞치마 차림의 고모는 이미 쉰이 넘었을 텐데도, 통통하고 애교 있는 외모에 말투나 분위기가 젊어서 그런지 40대 초반으로밖에 보이지 않았다.

오늘은 날씨가 흐리긴 하지만 밖이 이상하리만큼 밝게 느껴지는 것은 서점 안이 어두컴컴하기 때문만은 아니다. 고모의 몸을 감싸는 경쾌한 분위기가 뼛속까지 스며드는 냉기조차 밝은 기운으로 바꾸는 듯했다.

"고모님, 이사 트럭은 오후에 오나요?"

그러자 고모가 어이없는 표정을 지었다.

"아이, 린 짱도 참. 그렇게 존댓말 안 써도 된다니까 그러네. 계속 그렇게 긴장하면 나중에 어깨가 결릴 거야."

살짝 토라지듯 말하는 목소리는 너무도 밝아서 거부감이 느껴지지 않았다.

밖을 내다보자 고모의 피아트 500이 서점 앞에 서 있었다. 이 세련된 외제 차에 좁은 듯이 올라타는 고모의 모습을 보면 왠지 배 속까지 따뜻해지고 미소가 배어나온다.

"나는 뭐 좀 사러 나갔다 올게. 혹시 필요한 거 있니?"

고모는 큼지막한 몸을 작은 차에 밀어 넣으며 덧붙였다.

"점심 먹기 전에 돌아올 텐데 점심은 사올 거니까 걱정 마. 린 짱은 준비나 하고 있어."

거침없이 말하는 고모를 바라보며 린타로는 가벼운 미소와 함께 고개를 끄덕였다. 고모가 핸들을 잡더니 움직임을 멈추고 조카의 얼굴을 올려다보았다.

"왜요?"

"왜긴, 보면 안 돼? 왠지 린 짱의 분위기가 달라진 것처럼 보여서 그래."

고모는 가볍게 숨을 쉬고 나서 말을 이었다.

"장례식 때는 세상 다 산 사람 같은 얼굴이었거든. 그대로 어디론가 사라질 것 같아서 얼마나 불안했는지 알아? 그런데 생각했던 것보다 겁쟁이가 아니었네. 아! 이건 칭찬이야, 알지?"

린타로는 되도록 밝은 표정으로 대답했다.

"괜찮아요. 전부 괜찮지는 않지만 나름대로 괜찮아요."

미덥지 못한 말에 대해 고모는 싱긋 웃더니 "어머나!"라고 놀라며 하늘을 올려다보았다.

린타로도 덩달아 올려다보며 눈을 크게 떴다.

"눈이 오네."

고모의 목소리에 감동이 묻어 있었다.

잿빛 구름으로 뒤덮인 하늘에서 새하얀 솜털 같은 눈이 소리도 없이 하늘하늘 내려왔다. 햇살은 없어도 하늘 전체가 눈의 하얀 빛에 감싸여 주변이 밝아졌다. 지나가는 사람들도 발길을 멈추고 환한 미소를 지으며 하늘을 올려다보았다.

"난 이렇게 큼지막하게 내리는 함박눈이 좋더라. 왠지 가슴이 두근거려."

이 나이에 소녀 같은 말을 거리낌 없이 할 수 있다니, 역시 고모는 특별한 사람이다.

"오늘 밤에 케이크 먹자. 기대해, 린 짱."

"케이크요?"

"아이 참, 오늘 크리스마스이브잖아."

고모의 들뜬 목소리를 듣고 린타로는 적잖이 놀랐다.

할아버지가 세상을 떠난 이후, 날짜가 흐르는 걸 까맣게 잊고 있었다.

주변을 두리번거리자 가로수나 상점들 앞에 여느 때와 달리 화려한 전구가 반짝였다. 집도 사람도 완전히 옷을 갈아입었는데, 린타로와 나쓰키 서점만이 분위기도 모른 채 부루퉁하게 앉아 있는 모습이다.

"아니면 귀여운 애인과 보내기로 약속했어?"

"그럴 리 없잖아요."

"농담이야."

고모는 밝은 웃음을 터뜨리며 힘차게 시동을 걸더니, "그럼 이따 보자"라고 말하면서 피아트를 출발시켰다.

거리에는 평소처럼 택배 오토바이가 달리고, 동아리의 아침 연습에 가기 위해 일찍 집을 나서는 고등학생의 모습도 보였다. 린타로에게는 크리스마스이브라고 해서 특별히 감상에 젖을 만한 추억은 없지만, 눈에 익숙한 경치도 오늘이 마지막이라고 생각하니 무관심할 수 없었다. 하늘에서 내리는 눈조차 왠지 의미가 있는 듯해서 잠시 우두커니 서 있었다.

할아버지가 세상을 떠난 지 아직 열흘 정도밖에 되지 않았다. 별로 오래되지도 않았는데 한참 지난 것처럼 여겨지는 것은 신비한 사건들을 만났기 때문이다. 많은 기억들 속에서 린타로의 뇌리에 가장 깊이 남아 있는 것은 마지막으로 본 얼룩고양이의 웃음이었다.

얼룩고양이의 아름다운 털을 마지막으로 본 것이 사흘 전, 그 후에는 이사 준비도 있어서 말 그대로 눈 깜짝할 새에 지나갔다.

그동안 얼룩고양이가 다시 나타난 일도 없었고, 나쓰키 서점 안쪽의 나무 벽도 평소의 나무 벽과 똑같았다.

사요는 꽤 신경이 쓰이는지 아침저녁으로 서점에 들러서 홍차를 마시고 간다. 지금 읽고 있는 스탕달 이야기를 나누곤 하지만 실은 기묘한 얼룩고양이가 마음에 걸려서 가만있을 수 없는 것이다.

린타로도 마음에 걸리지 않는다고 하면 물론 거짓말이다. 다만 시간은 가차 없이 흘러간다.

세월은 원래 그렇다는 걸 린타로도 알고 있다. 아무리 슬픈 일이나 괴로운 일이나 부조리한 일이 있어도 시간이 멈추어서 기다려주지 않는다. 인간은 그저 시간의 흐름 속에 몸을 맡기는 수밖에 없다. 그 결과 오늘을 맞이한 것이다.

린타로는 잠시 눈 오는 하늘을 올려다보다가 문득 정신

을 차리고 서점 안으로 돌아갔다. 그리고 티세트를 정리하려고 하다가 잠시 움직임을 멈추었다.

조금 전까지 나무 벽으로 가로막혀 있던 서점 안쪽이 푸르른 빛에 감싸였다. 잠시 생각할 틈도 없이 얼룩고양이 한 마리가 그 빛을 등지고 조용히 앉아 있었다.

숨을 들이마시는 린타로의 시선 끝에서 쭉 뻗은 하얀 수염이 작게 흔들렸다.

"오랜만이군, 2대."

귀에 익은 나지막한 목소리를 듣고 린타로는 가볍게 웃었다.

"겨우 사흘 만이거든."

"그랬던가?"

"잘 왔어. 이렇게 말하면 될까?"

"빈말은 필요 없어."

얼룩고양이는 푸르른 빛을 등지고 앉아 비취색 눈을 린타로에게 향했다.

"힘을 빌려줘."

얼룩고양이의 등 뒤에 있는 빛이 한층 강렬해진 것처럼 보였다.

"또 네 힘이 필요해졌어."

얼룩고양이는 언제나 그렇듯이 인사나 설명도 없이 갑작스럽게 본론을 말했다. 물론 예상치 못한 재회를 반가워하는 분위기는 티끌만큼도 없었다.

"다시는 못 만날 줄 알았는데……."

"상황이 달라졌어. 다시 미궁에 가야 해."

담담한 말투는 여전했으나 목소리의 이면에 심상치 않은 긴장감이 감돌았다.

"무슨 일 있어?"

"네 번째 미궁이 나타났어."

"네 번째?"

"전혀 예상치 못한 사태야. 또 네 힘이 필요하게 됐어."

얼룩고양이는 그렇게 말한 뒤, 목소리를 더욱 낮추며 덧붙였다.

"하지만 이번 상대는 무서워. 지금까지 상대한 자들과는 전혀 달라."

무뚝뚝하고 고압적인 태도는 여전했지만 얼룩고양이다운 날카로운 맛이 부족했다. 그것은 곧 사태가 심상치 않다는 반증이기도 했다.

"상대가 그렇게 무섭다면서 나한테 부탁해도 돼?"

"네가 아니면 안 돼. 상대가 그걸 요구하고 있어."

"상대가 나를 요구했다고?"

"아주 골치 아픈 상대야. 이번에는 정말로 돌아오지 못할 수도 있어. 하지만 너라면 어떻게 할 수 있을 거야."

얼룩고양이의 목소리에는 기도하는 듯한 절실함이 배어 있었다.

린타로는 의외라고 생각하면서 흔쾌히 대답했다.

"알았어. 갈게."

너무도 흔쾌히 대답해서 얼룩고양이의 대꾸가 늦었을 정도다. 얼룩고양이는 비취색 눈을 반짝이면서 린타로를 똑바로 쳐다보았다.

"위험하다는 말은 들었겠지?"

"지금까지 상대한 자와 다르다는 말도 들었어. 돌아오지 못할 수 있다는 말도 들었고."

"그래도 나와 같이 가겠다는 거야?"

"내가 안 가면 네가 곤란하잖아. 이유는 그것만으로 충분해."

미적거리지 않는 시원한 대답에 얼룩고양이는 대낮에 귀신이라도 본 듯한 표정을 지었다.

"혹시 어디 아파, 2대?"

"그렇게 말하면 화낼 거야."

"하지만……."

"은혜를 갚고 싶었어. 고맙다는 말만 하고 결국 아무 것도 해준 게 없잖아. 이번 일이 은혜를 갚을 수 있는 좋은 기회야."

린타로를 물끄러미 바라보던 얼룩고양이는 이윽고 여느 때와 달리 감동한 표정을 지었다.

"그렇게 말해주니 고맙군."

"단, 조건은 지금 당장 출발하는 거야."

린타로는 재빨리 그렇게 말한 뒤, 성큼성큼 입구로 가서 문을 닫고는 재빨리 잠갔다.

"이제 곧 유즈키가 지나갈 시간이거든. 이 얘기를 들으면 분명히 따라가겠다고 고집을 부릴 거야. 이렇게 위험한 일에 유즈키를 끌어들이고 싶지 않아."

하지만 얼룩고양이는 아무 말도 하지 않았다.

"어?"

린타로가 되돌아보자 얼룩고양이는 여느 때와 달리 진지한 눈길로 대꾸했다.

"유감스럽지만 그 점이라면 선택의 여지가 없어."

목소리에서는 감정을 읽을 수 없었고 내용은 이해하기

힘들었다.

긴장감이 감도는 침묵 속에서 린타로는 손을 멈추고 얼굴을 찡그렸다.

문 밖에서 자전거의 벨소리가 들리다 즉시 멀어져갔다. 실내가 완벽한 정적으로 돌아오고 나서 얼룩고양이가 입을 열었다.

"유즈키 사요가 끌려갔어. 지금 미궁의 맨 안쪽에 갇혀서 네가 오기를 기다리고 있지."

린타로는 흠칫 놀라며 숨을 들이마셨다.

"내 말 들었어, 2대?"

"무슨 뜻인지 모르겠어……."

"간단한 이야기야. 유즈키 사요가 끌려갔어. 마지막 여행의 목적은 책을 구하는 게 아니야."

얼룩고양이가 린타로를 빤히 쳐다보며 덧붙였다.

"네 친구를 구하는 거지."

린타로는 시선을 돌려 서점 안쪽으로 이어지는 통로를 보았다.

똑바로 이어진 통로. 끝없이 벽을 메우고 있는 서적. 그리고 전체를 비추는 희미한 푸르른 빛.

왜일까.

린타로의 온몸에 소름이 끼쳤다.

"결국 학교에는 안 올 생각이지?"

사요가 그렇게 말한 건 이틀 전 아침이었다.

여느 때처럼 관악부의 아침 연습에 가는 도중에 서점에 들러, 계산대 책상 위에서 홍차를 타고 있는 린타로를 어이없는 얼굴로 보았다.

뭔가 대화를 나누었지만 내용은 거의 기억나지 않았다. 특별한 의미가 없는 사소한 잡담이었으리라.

책 이야기, 홍차 이야기, 그리고 잠깐 얼룩고양이 이야기.

그런 이야기가 끝나자 사요는 관악부의 아침 연습에 가기 위해 일어서더니, 서점에서 나가기 전에 뒤를 돌아보며 말했다.

"계속 밑을 향해 틀어박혀 있으면 안 돼. 노력한 만큼 대가가 따르지 않을지 모르지만 네 인생이니까……."

사요는 잠시 말을 끊더니 이내 시원한 목소리로 덧붙였다.

"앞을 보고 힘차게 걸어가."

현명한 반장다운 날카로운 충고였다.

그와 동시에 이사를 앞둔 친구에게 하는 격려의 말이기도 했다.

자신을 걱정해주는 사요의 말을 린타로는 신선하게 받아들였다.

사요는 린타로의 대답도 듣지 않고 가볍게 몸을 돌려 밖으로 나갔다. 린타로는 눈을 가늘게 뜨고 쏟아지는 햇살 속으로 들어가는 사요의 등을 눈부시게 바라보았다.

아침 햇살 속에서 자신을 향해 흔든 사요의 새하얀 손이 눈꺼풀 안쪽에 새겨져 있었다.

"참 이상하군."

거대한 책장이 길게 늘어선 복도를 걸으면서 린타로는 혼잣말처럼 중얼거렸다.

"누군가가 이렇게 진심으로 걱정되는 건 처음이야."

앞에서 걸어가는 얼룩고양이는 힐끗 돌아보았을 뿐 대꾸를 하지 않았다.

책으로 뒤덮인 익숙한 복도는 여느 때와 달리 몹시 길었다. 길게 느껴지는 것인지 실제로 긴 것인지는 분명하지 않지만, 아득한 저편까지 책장과 램프가 늘어서 있었다.

"왜 유즈키를 데려갔지? 내게 볼일이 있다면 처음부터 나를 데려가면 되잖아."

"이유는 나도 몰라. 네가 직접 물어보는 수밖에 없어. 하지만 상대는 너를 움직이는 열쇠가 그 소녀라고 판단했겠지."

얼룩고양이의 대답은 고뇌에 가득 차 있었다.

"……어렵게 말하는군."

얼룩고양이는 앞장서서 걸으며 뒤는 돌아보지 않고 대꾸했다.

"어렵지 않아. 그 소녀는 항상 네 걱정을 했어. 할아버지를 잃고 서점에 틀어박혀 있는 어두운 성격의 반 친구를 진심으로 걱정했지."

"유즈키는 책임감이 강한 반장이니까. 더구나 같은 동네에 살기도 하고……."

얼룩고양이의 낮은 목소리가 린타로의 말을 가로막았다.

"참고가 될지 안 될지는 모르지만 한 가지만 가르쳐줄게. 맨 처음에 그 소녀가 나쓰키 서점에 왔을 때, 내가 말했지? 특수한 조건을 갖춘 사람이 아니면 내 모습이 보일 리 없다고. 그 조건은 초능력 같은 게 아니야."

얼룩고양이가 발길을 멈추고 린타로를 돌아보았다.

"'남을 배려하는 마음을 가진 자'란 조건이지."

신비한 말이 린타로의 가슴속으로 스며들었다.

"남을 배려하는 마음이란 건, 달콤한 목소리로 싸구려 동정의 말을 늘어놓는 게 아니야. 고민하는 사람과 같이 고민하고 괴로워하는 사람과 같이 괴로워하며 때로는 같이 걸어가는 태도를 말하는 거지."

린타로는 다시 걸음을 내디딘 얼룩고양이의 뒤를 황급히 따라갔다.

"그선 특별한 능력이 아니야. 태어날 때부터 누구나 가지고 있는 중요한 심성이지. 하지만 급하고 답답하게 살아가는 사이에 많은 사람들이 그런 마음을 잃어버렸지. 너처럼 말이야."

그 말을 듣고 린타로는 숨을 들이마셨다.

"숨 막히는 일상 속에서 누구나 자신의 문제만으로 벅차서 남을 배려하는 마음을 잃어버리고 있어. 마음을 잃어버린 사람은 남의 고통을 느끼지 못해. 거짓말을 하고 남을 상처 입히며 약한 자를 발판 삼아도 아무것도 느끼지 못하지. 이 세상에는 그런 자들이 너무 많아졌어."

무거운 말이 울려 퍼지는 가운데, 복도의 분위기가 조금씩 달라졌다.

양쪽 벽을 가득 메운 평범한 나무 책장은 어느새 역사가 느껴지는 떡갈나무에 상감이 박힌 화려한 책장으로 바뀌고, 통로 자체도 조금씩 넓어져서 지금은 대여섯 명이 나란히 걸을 수 있을 만큼 널따란 회랑이 되었다.

머리 위에 켜 있던 램프가 모습을 감추고 천장도 높아졌지만, 책장 앞에 점점이 놓여 있던 촛불이 공간 전체를 밝게 비추었다.

거대한 복도 한가운데를 한 마리와 한 사람이 말없이 걸어갔다.

"하지만 이런 끔찍한 세계에서도 가끔 그 소녀처럼 귀한 심성의 주인을 만나기도 하지. 우리는 그런 심성을 가진 사람의 눈을 속일 수 없어. 즉……."

얼룩고양이가 어깨 너머로 린타로를 돌아보았다.

"그 소녀는 책임감이나 의무감이 아니라 진심으로 너를 걱정하고 있는 거라고."

얼룩고양이의 말이 끝나자마자 바람도 불지 않았는데 촛불이 살짝 흔들렸다.

린타로의 머릿속에 사요의 모습이 선명하게 되살아났다.

알림장을 가져다주기 위해 몇 번이고 나쓰키 서점을 찾아온 사요. 그때 광경이 갑자기 커다란 의미를 가지고 린타로의 가슴에 스며들었다.

"네가 지금 그 소녀를 진심으로 걱정한다면, 너도 잃어버린 마음을 되찾고 있다는 거야. 자신만 생각하는 게 아니라 누군가를 배려하는 마음을 말이야."

"누군가를 배려하는 마음……."

"너처럼 나약한 자에게는 지나칠 만큼 좋은 친구지."

얼룩고양이의 목소리는 여전히 담담했으나 어렴풋이 따뜻함이 느껴졌다.

린타로는 높은 천장을 올려다보았다.

아득한 머리 위에서 아치 모양의 천장이 완만한 커브를 그리고 있고, 넓은 공간은 오랜 세월을 견뎌낸 낡은 예배당 같은 아름다움과 정적이 가득 차 있었다.

"아는 것 같아도 눈에 보이지 않는 게 꽤 많구나."

"그걸 깨달은 걸 보니 그동안 많이 성장했군."

"조금 용기가 생겼어."

"조금만으론 곤란해. 마지막 적은 정말로 무섭거든."

얼룩고양이의 말이 끝나기 전에 앞쪽에 거대한 나무 문이 보였다.

거대한 문은 린타로의 나약한 팔로는 열 수 없을 만큼 당당한 위용을 자랑했지만, 옆으로 다가가자 삐걱거리는 소리와 함께 저절로 열리기 시작했다.

문이 양쪽으로 천천히 열린 순간, 광대한 초록의 정원이 눈에 들어왔다.

쏟아지는 투명한 햇살 밑에 울창한 나무들이 보이고, 군

데군데 하얀 분수가 하늘을 향해 솟아오르고 있었다. 분수 옆에는 천사 조각이 장식되어 있고, 꼼꼼히 손질된 나무 울타리와 기하학적으로 배치된 포석의 조화가 아름답기 이를 데 없었다.

린타로와 얼룩고양이는 그것을 내려다보는 높은 전망대의 커다란 주차장 같은 곳에 서 있었다. 머리 위에는 하얀 지붕이 하늘을 이고 있고, 양쪽에는 완만한 커브를 그리며 돌바닥으로 된 차로가 이어져 있었다. 마치 중세의 거대한 서양식 저택 같은 광경이다.

"손질이 잘돼 있군."

얼룩고양이가 중얼거린 순간, 또각또각 하고 경쾌한 소리가 들렸다. 시선을 오른쪽으로 돌리자 말 두 마리가 이끄는 마차가 다가와서 두 사람 앞에 멈추었다.

마차에서 내려온 초로의 신사가 깊숙이 고개를 숙이며 문을 열었다.

"타라는 거군."

얼룩고양이는 그렇게 말하고는 거침없이 마차 안으로 뛰어올랐다. 신사는 고개를 숙인 채 움직이지 않았다. 린타로도 쭈뼛쭈뼛 다가가서 마차에 올라탔다.

넓은 마차 안에는 진홍 벨벳이 빈틈없이 깔려 있고, 얼룩고양이와 린타로는 서로 마주 보고 앉았다.

문이 닫히고 나서 잠시 후에 마차가 움직이기 시작했다.

"어떻게 된 거지?"

"너를 환영하는 거야."

"나를 환영할 만한 독특한 친구는 짐작이 되지 않는데?"

"너는 몰라도 그쪽은 널 알고 있어. 이 세계에선 네가 꽤 유명하거든."

"이 세계?"

"더구나 이 미궁의 주인은 특별한 존재야. 실제로 이렇게 거대한 힘을 가지고 있지."

"그럼 일단 눈물을 흘리며 감동하면 되는 거야? 소중한 친구를 납치하면서까지 초대해줘서 고맙다고?"

얼룩고양이가 빙긋이 웃었다.

"좋은 마음가짐이야. 부조리에 가득 찬 세계에서 살아갈 때 가장 좋은 무기는 논리나 완력이 아니지."

"그래, 유머야."

린타로가 그렇게 대답했을 때, 마차가 가볍게 한 번 흔들리더니 속도를 올리기 시작했다. 큰길로 나온 것이다.

창밖을 바라보자 광대한 정원이 뒤쪽으로 흘러갔다.

햇살과 바람, 분수의 물방울과 풍부한 자연. 기분 좋은 풍경이지만 어딘가 모르게 자연스럽지 않았다.

다음 순간, 린타로는 깨달았다. 여기에는 생물의 기척이 없다.

사람만이 아니다. 새도 나비도 토끼도 다람쥐도, 세계를 지탱하는 생명의 존재가 조금도 느껴지지 않았다. 아무리 겉을 아름답게 꾸며도 정상적인 세계는 아니었다.

더 깊게 생각할 틈도 없이 얼룩고양이가 불쑥 말했다.

"이번이 너와 마지막 만남이 될 거야."

린타로가 시선을 마차 안으로 돌렸다.

"예전에도 비슷한 말을 들었던 것 같은데."

"걱정할 필요 없어. 이번에는 정말 마지막이니까."

고풍스러운 좌석 위에서 얼룩고양이는 비취색 눈으로 린타로를 빤히 쳐다보았다.

"그렇다면 네게 물어보고 싶은 게 많아."

얼룩고양이는 대답을 하지 않고, 털끝 하나 움직이지 않은 채 계속 린타로를 바라보았다.

린타로는 한 박자 두고 나서 쓸쓸하게 웃었다.

"하지만 무엇부터 물어봐야 좋을지 모르겠어."

그래도 얼룩고양이는 미동조차 하지 않았다.

밝은 햇살을 받았던 얼룩고양이의 옆얼굴이 꼭두서니

빛으로 물들기 시작했다. 생각할 시간도 없이 창밖은 급속히 석양에서 어둠으로 바뀌고, 작은 마차도 어둠 속으로 가라앉았다.

어느새 하늘에는 별빛이 반짝이기 시작했다.

얼룩고양이가 말했다.

"책에는 마음이 있지."

별빛을 받고 얼룩고양이의 눈동자가 아름답게 빛났다.

"책은 존재하는 것만으론 단순한 종잇조각에 불과해. 위대한 힘을 감추고 있는 걸작도, 장대한 이야기를 만들어내는 대작도 펼치지 않으면 하찮은 종잇조각일 뿐이지. 하지만 자신의 생각을 담아 소중하게 간직한 책에는 마음이 깃들게 되는 법이야."

"마음?"

얼룩고양이가 힘을 주어 대답했다.

"그래. 요즘은 책을 접할 기회도 줄고 생각을 담을 일도 드물어졌어. 그 결과 책의 마음도 점점 잃어버리고 있지. 하지만 너나 네 할아버지처럼 진심으로 책을 사랑하고, 책의 말에 귀를 기울이는 사람이 없는 건 아니야."

얼룩고양이는 고개를 돌려 별이 수놓여 있는 밤하늘을 올려다보았다.

"넌 내게 무엇과도 바꿀 수 없는 소중한 친구야."

이상한 말이었다. 그럼에도 얼룩고양이의 말 하나하나가 린타로의 가슴속에 촉촉이 스며들었다.

밤하늘을 올려다보는 얼룩고양이의 비취색 눈동자가 반짝반짝 빛났다.

품위 있고 자신감이 넘치며 조금은 오만한 얼룩고양이. 너무도 아름다워서 가슴이 먹먹해질 정도였다.

"아주 오래전부터 너를 알고 있었던 것 같아."

린타로가 그렇게 말해도 얼룩고양이는 뒤를 돌아보지 않았다. 하지만 보기 좋은 삼각형 모양의 귀가 린타로의 다음 말을 기다리고 있었다.

"정말로 아주 아주 머나먼 옛날이야. 내가 아직 어렸을 무렵……."

린타로는 옛날 기억을 더듬으며 천장을 바라보았다.

"어떤 이야기 속에서 너를 만난 적이 있어. 어쩌면 엄마가 읽어준 책이었는지 몰라."

얼룩고양이는 조용히 조금 전의 말을 다시 반복했다.

"책에는 마음이 있지. 소중히 대한 책에는 마음이 깃들고, 마음을 가진 책은 주인이 위기에 빠졌을 때 반드시 달려가서 힘이 되는 법이야."

침착하고 나지막한 목소리가 린타로의 가슴 깊은 곳을 따뜻하게 감쌌다. 린타로가 고개를 들자 별빛 아래에서 얼룩고양이가 아련한 미소를 짓고 있었다.

"내가 말했잖아, 넌 혼자가 아니라고."

　별들이 빼곡히 수놓인 하늘 밑에서 린타로와 얼룩고양이를 태운 마차는 가벼운 진동과 함께 달려갔다.

　마차가 앞으로 나아감에 따라서 마차의 창틀 안에 있는 별빛이 소리도 없이 뒤로 이동했다. 별의 푸른빛을 받은 순간, 얼룩고양이는 갑자기 미소를 지우고 눈에서 예리한 빛을 내뿜었다.

"하지만 '마음이 깃든 책'이라고 해서 항상 인간의 편이 된다곤 할 수 없어."

　린타로는 얼굴을 찡그리며 바로 되물었다.

"유즈키 말이야?"

"그래. 이번 마지막 미궁을 말하는 거야."

　얼룩고양이가 다시 창밖으로 시선을 돌렸다.

　린타로는 황급히 얼룩고양이의 시선을 좇았다.

　하늘의 별들이 한없이 아름답게 반짝였다. 하지만 배열은 엉망이라서 별자리를 이루지 못했다.

"치열한 고뇌 끝에 인간의 마음이 일그러지는 일이 있

듯이 책의 마음도 일그러지는 일이 있어. 마음이 일그러진 사람의 손에 닿은 책은 자신의 주인처럼 일그러진 마음을 갖게 되지. 그러다 결국 폭주해."

"책의 마음이 일그러진다고……?"

얼룩고양이가 크게 고개를 끄덕였다.

"특히 오랜 역사가 새겨진 오래된 책은 수많은 사람들 마음의 영향을 받아서 좋든 나쁘든 큰 힘을 가지고 있어. 그런 책의 마음이 일그러지는 순간……."

얼룩고양이가 깊은 한숨과 함께 말을 토해냈다.

"나 같은 것과는 비교도 할 수 없을 만큼 거대한 힘을 휘두르게 되지."

"최후의 상대가 지금까지 만난 자들과 다르다는 말이 무슨 뜻인지 조금은 알 것 같아."

린타로의 말투는 예상외로 냉정하고 차분했다. 자기 자신도 이상할 만큼 마음도 편안했다.

어느새 창밖 경치가 바뀌었다.

광대한 정원을 달려왔는데, 지금은 오래된 밤거리가 펼쳐져 있었다. 2층짜리 가정집, 담에 세워둔 자전거, 기계적으로 깜빡이는 노란색 가로등, 희끄무레한 빛을 받고 있는 낡은 자동판매기.

어디선가 본 적이 있는 풍경이다.

얼룩고양이가 머리를 깊숙이 숙였다.

"미안해, 2대. 우리는 이 앞에 있는 상대를 이길 수 없어."

린타로가 입술 끝을 올리며 쓴웃음을 지었다.

"왜 사과하는 거야? 난 너에게 진심으로 고마워하고 있어."

"내가 한 건 결국 아무것도 없어. 넌 여기까지 네 발로 직접 걸어왔지."

"하지만……."

린타로가 거기까지 말했을 때, 마차의 진동이 약해지면서 속도가 줄어드는 기척이 느껴졌다.

"그래도 나는 소중한 것을 많이 깨달을 수 있었어."

마차가 크게 한 번 흔들리다 멈추었다.

삼시 후 문이 열렸다.

그와 동시에 등줄기가 서늘해질 만큼 차가운 바람이 흘러들었다.

밖으로 눈을 돌리자 정중하게 고개를 숙인 마부 뒤쪽에, 린타로가 잘 알고 있는 풍경이 펼쳐져 있었다.

린타로는 당황하지 않고 천천히 마차에서 내렸다. 뒤를 돌아보자 얼룩고양이는 마차 안의 어둠 속에서 움직이지 않고 비취색 눈으로 조용히 린타로를 바라볼 따름이었다.

"같이 안 가?"

"난 필요 없어. 넌 이미 혼자 걸어갈 수 있으니까."

얼룩고양이는 품위 있게 미소를 지었다.

"다녀와, 나쓰키 린타로."

"이름을 불러준 건 처음 아니야?"

"널 인정한 거야. 일그러진 마음은 강해, 하지만……."

얼룩고양이는 잠시 입을 다물었다가 즉시 말을 토해냈다.

"너는 더 강해."

강력한 말이었다.

린타로를 잘 아는 친구가 아니면 할 수 없는 확실한 격려이기도 했다.

고개를 끄덕인 린타로의 등줄기에 식은땀이 흘러내렸다. 불쾌한 감각을 동반한 냉기가 등 뒤에서 밀려왔다. 그래도 린타로는 도망치고 싶지 않았다. 그리고 도망쳐선 안 된다는 것도 알고 있었다.

"또 만날 수 있어?"

"그런 말 하지 마. 이별의 대사치곤 너무 진부하니까."

얼룩고양이다운 단호한 대답이었다.

"그럼 안녕, 용감한 친구."

담백한 그 한마디가 작별의 인사였다.

조용히 고개를 숙인 얼룩고양이를 향해, 린타로도 역시 마음을 담아 고개를 숙였다.

잠시 후, 린타로는 마차에 등을 돌리고 걸음을 내디뎠다.

눈앞에는 좁은 길이 있고, 길 건너편에는 오래된 노란색 가로등과 함께 작은 가정집이 웅크리고 있었다. 자세히 쳐다보자 가정집의 격자문에 '나쓰키 서점'이라는 나무 팻말이 조촐하게 걸려 있었다.

모든 것이 잘 어울리는 멋진 풍경이었다.

하지만 아무리 잘 어울리는 풍경이라고 해도 만든 것은 만든 것이다.

린타로는 마음을 다잡으며 걸음을 내디뎠다.

밤하늘에는 달이 없고 땅에는 풀과 나무가 없으며 옆집 창문에는 불빛이 없었다. 이렇게까지 사람을 안절부절못하게 만드는 풍경도 드물지 않을까?

린타로는 긴장감이 넘치는 차가운 공기 속으로 똑바로 걸어가 이윽고 나쓰키 서점의 돌계단 앞에 도착했다.

눈에 익은 격자문 너머에서 유일하게 불이 켜진 곳이었다.

그때 낯익은 목소리가 들렸다.

"들어오세요."

침착한 여성의 목소리였다.

그와 동시에 소리도 없이 문이 열리기 시작했다.

"어서 와요, 나쓰키 린타로 군."

억양 없는 목소리가 울려 퍼졌다.

린타로는 나쓰키 서점 안으로 들어갔다.

린타로에게는 눈을 감고도 어디가 어딘지 알 수 있는 곳이다.

다만 내부의 모습은 많이 달랐다.

양쪽 벽을 가득 메운 거대한 책장에는 책이 한 권도 보이지 않았다. 책장이 휑하니 비어 있는 탓에 서점 안이 기이하리만큼 넓어 보였다.

한가운데에는 훌륭한 소파 세트가 놓여 있었다. 이것도 서점에는 없었던 것이다. 안쪽 입구를 향해 놓여 있는 소파에서 사람의 그림자가 보였다.

린타로가 살짝 당황한 것은 소파에 앉은 사람이 초로의 야윈 여성이기 때문이었다.

여성은 소박한 검은색 예복을 입고, 커다란 소파에 작은 몸을 묻은 채 느긋하게 발을 꼬고 있었다. 길고 하얀 손을 무릎 위에 올리고 말없이 린타로를 올려다보는 모습에서는 너무나 무력하고 무방비하면서도 쉽게 다가가기 힘든 분위기가 느껴졌다. 마치 회색 공기 같다고나 할까?

여성은 거의 몸을 움직이지 않고 얇은 입술만 움직여서 말했다.

"얼룩고양이 시종은 어떻게 했지?"

"마지막엔 혼자 가라고 했습니다."

"냉정한 동료군. 아니면……."

여성은 오른손 손가락을 하얀 뺨에 갖다 대면서 덧붙였다.

"나를 무시한 건가?"

그 말을 들은 순간, 린타로의 등줄기가 오싹해졌다.

감정을 읽을 수 없는 어두운 눈동자가 조용히 린타로를 바라보았다. 눈에 보이지 않는 무수한 거미줄이 뻗어와 서서히 몸을 조이는 듯한 압박감을 느끼고 린타로는 자기도 모르게 한 걸음 물러섰다.

분명히 지금까지 만난 상대와는 완전히 다르다.

지금까지 만난 세 사람은 각각 기이하기는 해도 '마음'이라고 할 만한 것을 느낄 수 있었다. 책에 대한 각자의 생각이라고 할까, 그 생각이 대화의 실마리도 되고 출구도 되었다.

그런데 눈앞의 여성에게서 나오는 것은 오직 강철 벽처럼 차갑고 단단한 빛이었다. 그곳에는 손잡이도 없고 문도 없다. 바닥을 알 수 없는 차가움만 밑바닥에 가라앉아 있을 뿐이다.

예전의 린타로라면 이 시점에서 일찌감치 백기를 들고 도망쳤을지도 모른다. 서서히 핏기가 사라지는 불안함과 당황스러움에 휩싸이면서 무심코 발밑을 쳐다보았지만, 파트너인 얼룩고양이는 보이지 않았다. 도망칠 이유라면 지금 당장이라도 열 가지, 아니 스무 가지라도 늘어놓을 수 있다.

하지만 린타로는 희미하게 떨리는 무릎에 힘을 주었다.

여기에 온 목적이 있다. 지금까지처럼 단순한 흐름에 몸을 맡긴 것이 아니다.

여성이 무릎 위에서 가볍게 두 손을 펼쳤다.

"'나쓰키 서점'에 온 걸 환영해. 내 연출이 마음에 들었는지 모르겠군. 멋진 여행이었지?"

"유즈키를 데려가겠습니다."

여성이 눈을 가늘게 떴다.

대답이 돌아오지 않자 린타로는 다시 똑같은 말을 반복했다.

"유즈키를 데려가겠습니다."

여성은 표정도 바꾸지 않고 나지막하게 한숨을 쉬었다.

"생각보다 머리가 둔하군. 뻔히 아는 사실을 독창성이라 곤 한 조각도 찾아볼 수 없이 말하다니."

"'머리가 둔한 사람 중에는 착한 사람이 있다. 하지만 정말로 머리가 좋은 사람 중에는 착한 사람이 거의 없다.'"

"존 스타인벡의 말이지. 일부러 인용할 만큼 심오한 말은 아니야."

"아뇨, 예리한 말입니다. 당신은 머리가 아주 좋은 것 같으니까요."

여성은 한순간 움직임을 멈추더니, 이윽고 감정이 없는 눈동자를 린타로에게 향했다.

"방금 한 말 취소하지. 멋진 유머의 소유자군. 여기까지 초대한 보람이 있었던 것 같네."

"의도도 목적도 아직 모르지만 일단 고맙다고 인사하면 될까요?"

"소문으로 들었던 것보다 성질이 급하군. 얌전한 아이라고 들었는데."

정확한 지적이라고 린타로는 생각했다.

마음속에는 공포가 자리하고 있었지만 머릿속은 이상할 정도로 맑았다.

즉 분노가 불타오르고 있었던 것이다.

"다시 한 번 말씀드리죠. 유즈키를 돌려주세요. 제게 어떤 볼일이 있는지는 모르겠지만, 그 애는 저와 관계가 없습니다."

"용건은 간단해. 난 그저 너와 대화를 나누고 싶은 것뿐이야."

생각지도 못한 대답에 린타로는 한순간 숨을 들이마셨다.

"저와 대화를 나누고 싶었다면 저만 부르면 되지 않습니까? 유즈키를 납치하는 건 심각한 문제입니다. 그렇게 좋은 소파에 거만하게 앉아 공원이나 분수 주변을 마차로 안내할 시간이 있다면, 당신이 직접 나쓰키 서점에 찾아오면 되잖아요. 그러면 할아버지가 남겨주신 아삼티를 대접했을 텐데요."

"그것도 생각해봤어. 하지만 내가 갑자기 찾아갔다면 진지하게 대해주지 않았을 거야."

"……진지하게요?"

"난 진지한 대화를 하고 싶어. 그 자리를 벗어나기 위해 하는 무난한 대답이거나, 배려나 다정함이라는 이름의 나태한 태도에는 관심이 없거든. 책을 진심으로 사랑하는 소년이 책에 관해 진지하게 말하는 모습을 보고 싶어서 말이야."

여성의 입술 끝이 약간 올라갔다. 아름다운 미소였다. 하지만 따뜻함이 부족한 얼어붙은 미소이기도 했다.

린타로는 상대가 얼음 손으로 자신의 목을 만진 듯한 섬뜩함을 느끼고 어깨를 떨었다. 그리고 즉시 도망칠 방법을 생각하는 나약한 마음을 최대한 억누르며 물었다.

"다시 물어보겠는데, 저와 대화하기 위해 유즈키를 납치한 건가요?"

"그래. 지금 네 모습을 보니 내 방법이 옳았던 것 같군."

린타로는 크게 심호흡을 했다.

완전히 상대의 페이스에 휘말렸다. 상대의 페이스에 휘말리는 게 좋은지 나쁜지는 모르겠지만, 감정에 휩쓸려 머리가 냉정해지지 않는 건 좋은 일이 아니다. 상대가 진지한 대화를 바란다면 더욱 그렇다.

말문이 막힌 린타로를 보고도 여성은 만족하는 모습을 보이지 않고, 조용히 오른손을 내밀어 눈앞의 소파를 가리켰다.

린타로가 입을 다문 채 움직이지 않자 여성은 살짝 고개를 갸웃거렸다.

"너에겐 이쪽이 더 마음 편할까?"

손가락으로 딱 소리를 내자 소파는 눈 녹듯이 사라지고

둥근 나무의자가 나타났다. 린타로가 나쓰키 서점에서 항상 앉아 있는 흠집투성이의 낡은 의자다.

하나하나 연출에 공을 들였지만 따뜻한 배려는 털끝만큼도 느낄 수 없었다. 이를 악물고 그 자리에 버티고 있는 연약한 소년에 대한 배려는 조금도 없는 것이다. 단지 목적에 도달하기 위한 가장 빠른 수단이라는 합리적인 판단만으로 그런 행동을 하는 것뿐이다.

린타로는 저항해봤자 소용없다는 걸 깨닫고 순순히 의자에 앉았다.

"제가 무슨 이야기를 하면 되죠?"

"성질이 급하군. 하지만 여자친구를 걱정하는 태도는 마음에 들어."

여성은 담담하게 말하더니 다시 손가락으로 소리를 냈다.

"일단 쇼 타임을 같이 보지 않겠나?"

오른쪽에 있는 책장 앞에 별안간 하얀 화면이 나타났다. 그와 동시에 서점 안이 어두워지면서 화면이 밝게 빛났다.

"우선 첫 번째⋯⋯."

그렇게 말한 순간 화면에 나타난 것은 맞배지붕을 올린 훌륭한 일본의 전통 문과 토담 벽이었다. 어디선가 본 광경이라고 기억을 더듬을 시간도 없이 화면은 문을 빠져나가 광대한 저택 안을 비추었다.

일본의 전통 문에서 저택 안으로 들어간 카메라는 수묵화나 사슴 박제, 비너스 조각 등 국적 불명의 미술품이 장식된 복도를 빠져나가 이윽고 작은 툇마루에 앉아 있는 한 남자를 포착했다.

린타로가 만났을 때는 하얀 정장으로 몸을 감쌌던 키 큰 사내가 지금은 낡은 와이셔츠 차림으로 멍하니 마당 끝을 바라보고 있었다. 자신감이 넘치던 오만한 태도는 자취를 감추고, 꼼짝도 하지 않고 정원의 연못에서 헤엄치는 잉어를 바라보았다. 손에는 책이 몇 권 들려 있었다. 몇 번이고 다시 읽어서 낡았는지 표지가 약간 울퉁불퉁했다.

"알아보겠니?"

"첫 번째 미궁."

"그래. 그리고 네가 책을 해방시켜준 결과가 지금 이 모습이야."

여성의 말을 듣고 린타로는 이마를 찡그렸다.

"갇혀 있던 책이 모두 해방된 뒤, 그는 예전처럼 닥치는 대로 책 읽던 습관을 그만두었지. 5만 권의 책을 읽은 남자로 세상 사람들을 이끌어갔던 훌륭한 비평가의 급격한 변모에 사람들은 놀라고 실망했으며 즉시 관심을 잃었어. 그가 지금껏 쌓아올린 지위는 나중에 나타난 6만 권을 읽은 남자에게 빼앗기고, 지금은 완전히 그늘에 사는 사람으로 전락해버렸지. 지위도 명예도 잃은 채 저렇게 멍하니 정원을 바라보는 사람으로 말이야."

대꾸할 말을 잃어버린 린타로를 여성은 감정 없는 얼굴로 바라보았다.

여성이 왼쪽을 가리키자 맞은편 책장 앞에 새로운 화면이 나타났다.

"다음을 보겠나?"

그 말과 동시에 화면에 나타난 것은 수많은 하얀 원기둥이 늘어서 있는 거대한 공간이었다. 아치 모양의 당당한 천장과 반짝반짝 빛나는 돌바닥. 벽의 책장에는 수많은 서적이 꽂혀 있고, 여기저기에서 좁은 통로와 계단이 입을 벌리고 있었다.

말할 것도 없이 두 번째 미궁이다.

하지만 하얀 옷을 입은 사람들이 책을 잔뜩 껴안고 바쁘게 오갔던 회랑은 쥐 죽은 듯 조용하고 한산했다. 뿐만 아니라 여기저기에 책과 서류가 흩어져 있고, 황폐한 기척이 짙게 떠다녔다.

인적이 끊긴 회랑에 사람의 그림자가 하나 있고, 카메라는 재빨리 그쪽으로 다가갔다. 거대한 책장 옆 테이블 앞에 하얀 옷을 입은 뚱뚱한 학자가 앉아 있었다.

린타로가 갔을 때는 지하의 소장실에서 생생한 표정으로 연구에 몰두했던 중년의 학자가 지금은 영혼이 빠져나간 사람처럼 회랑 구석에 주저앉아 있었다. 학자는 수염을 덥수룩하게 기른 채 손에 있는 작은 책을 물끄러미 바라보았다.

"시대에 맞는 신속한 독서법을 잇따라 만들어냈던 천재 학자는 연구를 내던지고, 그로 인해 한 권을 읽는 데 많은 시간을 허비하게 되었지. 하루에 열 권을 읽었던 천재가 한 권을 읽는 데 한 달이 걸리는 평범한 사람으로 전락한 거야. 한 세대를 풍미했던 학자의 책은 그 즉시 판매가 멈추었고, 끊이지 않았던 강연 의뢰도 자취를 감추었지."

"하고 싶은 말이 뭐죠?"

"이상과 현실의 차이에 대해서. 하지만 아직 안 끝났어."

여성의 손이 천장을 향했다.

그곳에 세 번째 화면이 나타나더니 거대한 초고층 빌딩을 보여주었다.

말할 필요도 없다. 세 번째 미궁이다.

거대한 회색 빌딩 안으로 들어간 카메라는 다시 안을 빠져나가, 삼면이 유리창으로 되어 있는 눈에 익은 사장실을 보여주었다. 하지만 린타로가 갔을 때와는 몰라보게 달라졌다. 화려한 샹들리에는 없어지고 새빨간 커튼도 보이지 않았으며 소파 세트도 자취를 감추는 등 상당히 간소해졌다. 그 넓은 공간에 빨간색과 파란색, 검은색 정장을 입은 수많은 남자들이 발 디딜 틈도 없이 들어서서 매우 소란스러웠다.

빨간색 정장의 남자가 소리쳤다.

"이렇게 하면 회사가 망합니다!"

"팔리지 않는 책은 즉시 절판해야 합니다!"

"독자는 이해하기 쉬운 책, 자극적인 책을 원한다고 말한 사람은 바로 사장님이 아닌가요!"

검은색과 파란색 정장의 남자로부터 비난의 화살을 받고 있는 사람은 체구가 작은 초로의 신사였다. 그토록 위풍당당했던 사장이 지금은 백발을 쓰다듬으며 연신 고개를 조아리고 있었다.

"사장이 회사의 방침을 바꾸었지. 책이 팔리지 않아도 즉시 절판하지 않고, 이미 사라졌던 귀한 책은 전부 복간시키고 말이야. 그 즉시 순조로웠던 경영 상태는 바닥으로 곤두박질치고, 사장은 퇴진하라는 압박을 받고 있어."

여성은 천장에서 린타로에게로 시선을 돌리고 차갑게 덧붙였다.

"네 멋진 모험의 결과가 이거야. 기분이 어때?"

"정말 끔찍하군요."

린타로는 그렇게 대답하는 게 고작이었다.

실내는 소름이 끼칠 만큼 냉기가 가득 차 있음에도 린타로의 등에는 축축하게 땀이 배어나오고, 머릿속에서는 구토증을 닮은 불쾌한 느낌이 퍼져나갔다.

"네 말은 그들의 위치를 크게 바꿔놓았지. 네가 보기엔 그들이 행복한 것 같나?"

"별로 행복하게 보이진 않는군요."

"그럼 네가 심한 짓을 한 거네?"

"무슨 말이 하고 싶은 거죠?"

"난 말하고 싶은 게 아니야. 듣고 싶은 거지."

여성은 어디까지나 조용히 말하더니, 소파에 몸을 맡긴 채 감정이 없는 눈을 린타로에게 향했다.

"무엇이 옳고 무엇이 그른지, 내게 대답이 있는 건 아니야. 대답을 모르기 때문에 널 부른 거야. 너는 책을 구하기 위해 그 세 사람과 대치했어. 그리고 치열하게 토론을 하면서 그들의 철학에 큰 영향을 미쳤지. 네가 그들의 가치관을 크게 바꾼 결과, 그들은 모두 힘든 상황에 처했어. 그들이 지금 그토록 괴로워한다면, 네가 한 일은 어떤 의미가 있을까?"

생각한 적도 없는 질문이었다.

예상치 못한 사태라고 대답하면 될까?

린타로는 자신의 생각을 털어놓았을 뿐이다. 그 결과 무엇인가가 크게 바뀌기를 기대한 것은 아니었다. 오히려 이렇게 확실한 변화가 나타나리라곤 상상도 못 했고, 누군가가 괴로워하리란 것에도 생각이 미치지 못했다.

린타로는 어찌할 바를 모른 채 세 화면을 올려다보았다.

"슬픈 세계라고 생각하지 않나?"

어딘가 먼 곳을 바라보는 것처럼 여성의 시선이 아무것도 없는 허공에서 방황했다.

"인간은 책으로 자신을 장식하고 가볍게 지식을 채운 뒤 쓰레기통에 버리지. 단지 책을 높다랗게 쌓으면 먼 곳을 볼 수 있다고 생각하는 거야. 하지만……."

여성이 유리구슬처럼 아름답고도 메마른 눈동자를 린타로에게 향했다.

"정말 그걸로 충분할까?"

여성은 곤혹해하는 린타로를 조용히 바라보았다.

어두운 빛이 흔들리는 눈동자에서는 아무런 감정도 읽어낼 수 없었다. 여성은 린타로의 대답을 듣는 것이 당연한 권리인 것처럼 당당하게 행동했다.

린타로는 겨우 말을 짜냈다.

"왜…… 왜 저에게 그런 걸 묻는 거죠?"

"글쎄, 왜일까? 너라면 멋진 대답을 가지고 있지 않을까 해서 말이야."

"말도 안 돼요. 저는 그저 서점에 틀어박혀 있는 외톨이일 뿐이에요."

"하지만 넌 수많은 책을 구하기 위해 여기저기에 다니면서 최선을 다했고, 실제로 책을 구해내는 데 성공했어. 요즘 같은 세상에 너처럼 책과 이어져 있는 사람은 흔치 않거든."

여성은 그렇게 말하면서 살며시 이마의 머리칼을 쓸어올렸다.

"책과 이어져 있는 사람……."

"그래. 너나 너희 할아버지 같은 사람은 손가락에 꼽을 정도야. 옛날에는 그런 사람이 많았는데 지난 2,000년 동안 모든 게 달라졌지."

익숙지 않은 말을 듣고 린타로는 한순간 자신의 귀를 의

심했다. 그리고 잘못 들은 게 아니란 걸 안 순간, 말문이 막혔다.

"2,000년……?"

"정확하게 말하면 1,800년 정도일까? 내가 태어났을 무렵의 이야기지. 어느새 오랜 세월이 흘렀군."

린타로는 대꾸할 말이 없었다.

얼룩고양이에게 들은 '커다란 힘을 가진 책'이라는 말은 린타로가 상상도 할 수 없을 만큼 엄청난 무게를 가지고 있었다. 1,800년이라는 장대한 시간을 뛰어 넘어온 책은 그렇게 흔하지 않다. 그만한 시간을 뛰어넘었으면서도 여전히 '커다란 힘'을 가지고 있는 책이라면 누구보다 책을 좋아하는 린타로로서는 자신의 기억 속에서 쉽게 찾아낼 수 있었다.

망연히 서 있는 린타로에게 아랑곳하지 않고 여성은 담담하게 말을 이었다.

"옛날에는 책에 마음이 있는 게 당연한 일이었어. 책을 읽는 사람들은 모두 그런 사실을 알고 있었지. 그런 사실을 알면서 서로 마음을 나누었어. 그 무렵에는 책을 가질 수 있었던 사람이 많지 않았지만, 한 번 만난 사람들은 흔들림 없는 마음으로 나를 지탱해주고, 나도 그들을 지탱해주었지. 너무도 그리운 시대. 그와 동시에 너무도 빛나는 시대였어."

"그런 일이……."

힘이 빠진 린타로의 목소리를 여성의 조용한 목소리가 가로막았다.

"그런 일이 있었다고 믿는 건 네게 곤란한 일일지도 몰라. 지금은 마음을 가진 책을 만나는 일이 거의 없으니까. 뿐만 아니라 책이 마음을 가졌다는 걸 아는 사람도 없어져버렸지. 책이라고 하면 단지 활자를 늘어놓은 종이다발을 가리키는 것에 지나지 않게 됐어. 이건 세상에서 읽고 버리는 책들에게만 일어나는 이야기가 아니야. 오랜 세월을 뛰어넘어 전 세계 사람들이 읽은 나조차도 정말로 진지하게 마주하는 사람을 만나기 힘들어졌거든. 지금은 '세계에서 가장 많이 읽는 책'이라는 화려한 수식어로 찬사를 받으면서, 실제로는 아무도 쳐다보지 않고 있어. 갇히고, 잘리고, 마구 팔리고 있지. 네가 봤던 일들이 내게도 일어나고 있는 거야. 2,000년 가까운 시간의 벽을 뛰어넘고 2,000개가 넘는 언어의 벽조차 뛰어넘은 내게도 말이야."

여성은 고통을 참는 것처럼 두 눈을 꼭 감았다.

핏기가 거의 없는 입술이 천천히 움직였다.

"솔직히 말하지. 나도 이제 거의 힘을 잃었어. 예전에는 수많은 사람들과 수많은 소중한 것에 관해 말했는데, 점점 무슨 말을 했는지조차 잊어버리고 있지. 그걸 전부 잊어버리면 다른 작은 책들처럼 단지 지식과 오락만 제공하는 종이다발로 전락할 거야."

여성이 다시 눈을 떴다.

"너무도 서글픈 일이야. 그런 서글픈 세계에서 너는 무슨 생각을 하고, 무엇을 위해 몇몇 미궁을 다녀왔는지 알고 싶었어. 너는 이쪽 세계에서는 꽤 유명하니까."

마지막 말은 여성의 유머인지 아니면 단순한 사실을 말한 것인지 판단할 수 없었다. 하지만 여성의 입에서 나온 말의 무게만큼은 말하지 않아도 알 수 있었다.

린타로는 발밑에 시선을 떨군 채 침묵을 유지했다.

대꾸할 말을 쉽게 찾을 수 없었다. 하지만 계속 입을 다물고 있어서는 안 된다는 생각이 마음의 깊은 곳에서 파도를 쳤다.

린타로는 오른손을 안경테에 대고 두 눈을 감았다.

그러자 평소에 익숙했던 둥근 의자의 안락함이 되살아나고, 그와 동시에 나쓰키 서점에 있는 듯한 안정감이 되돌아왔다.

역사의 흔적이 새겨져 있는 오래된 책장, 낡은 복고풍 램프, 밝은 햇살을 적당히 막아주는 나무 격자문과 손님이 들어올 때마다 흔들리는 은색 도어벨. 그런 기억이 떠오른 순간, 텅 빈 책장에는 그동안 읽은 책들이 순서대로 돌아왔다.

『카라마조프 가의 형제들』, 『분노의 포도』, 『몬테크리스토 백작』, 『걸리버 여행기』…… . 수도 없이 읽은 책의 자리를 린타로는 정확하게 기억하고 있었다. 마음속으로 그것을 좇아가는 사이에 거칠게 파도치던 마음이 조금씩 가라앉았다.

"저는…… 어떻게 대답해야 할지 모르겠어요."

린타로는 더듬거리면서도 최선을 다해 말을 짜냈다.

"하지만 책이 몇 번이나 저를 구해준 건 사실이에요. 무슨 일에도 부정적이고 즉시 포기해버리는 제가 지금까지 헤쳐 나올 수 있었던 건 항상 책이 옆에 있어주었기 때문이죠."

린타로는 반들반들한 바닥을 바라보며 뇌리에 떠오른 말을 하나씩 주워 올렸다.

"물론 당신의 말처럼 여러 가지 문제가 있을지도 몰라요. 하지만 책의 힘은 당신이 말하는 것처럼 약하지 않아요. 사라지는 책이 많은 가운데, 그래도 살아남는 책이 있다는 걸 저는 알고 있습니다."

고개를 들자 여성은 꼼짝도 하지 않고 그대로 앉아 있었다.

무슨 생각을 하는지 종잡을 수 없는 눈동자를 똑바로 보며 린타로는 말을 이었다.

"할아버지도 그러셨어요. 책에는 커다란 힘이 있다고. 2,000년 전은 잘 모르지만 지금도 제 주변에는 매력적인 책이 많이 있고, 그 책들과 같이 하루하루를 살아가고 있어요. 그래서……."

"유감이군."

서늘한 고독의 바람이 움직였다.

희미한 바람임에도 린타로의 말을 가로막는 압도적인 무게를 지니고 있었다. 열기를 띠었던 린타로의 목소리는 한순간 빙점 밑으로 얼어붙었다. 그곳에 최후의 일격을 가하듯 여성의 한마디가 내려왔다.

"기대 밖이야."

린타로는 말을 잃어버린 채 온몸에 전율을 느끼고 고개를 들었다.

깊은 어둠이 린타로를 바라보고 있었다.

두 개의 조용한 눈동자 안쪽에 기이한 어둠이 펼쳐졌다.

비애인지 절망인지 모르지만 어쨌든 린타로 같은 일개 고등학생은 도저히 대항할 수 없는 어둠이자 바닥 없는 늪처럼 모든 것을 집어삼키는 어두운 감정이었다.

다시 깊은 달관에 감싸인 목소리가 들렸다.

"생각만으로는 아무것도 달라지지 않아. 유치한 이상론이나 뜨뜻미지근한 낙관론이라면 지겹도록 들었어. 오랜 세월 동안 정말로 지긋지긋할 만큼 말이야. 하지만 달라진 건 아무것도 없어."

여성의 입술에서 새어나오는 목소리가 조금씩 낮아지고 무거워졌다. 그와 동시에 기이한 기척이 서서히 퍼져나갔다.

어두운 눈동자는 막연하게 허공을 향하고 있을 뿐, 아무것도 보지 않았다. 여유롭게 꼬았던 다리도, 그 위에 올려놓은 가냘픈 손도 핏기 없는 상태에서 미동도 하지 않았다. 마치 입술만 움직이는 괴이한 납 인형이 소파에 기대어 있는 것 같았다.

린타로의 앞에 앉아 있는 건 이미 여성의 모습이면서도 여성이 아니었다. 갈 곳을 잃어버린 거무칙칙한 감정을 껴안은 채 웅크리고 있는 '거대한 누군가'였다.

"그 자리를 벗어나기 위한 위안, 문제를 뒤로 미루기만 하는 안이한 타협, 경박하고 단순한 자기만족을 위한 토론······ 나는 그런 걸 수도 없이 보았어. 때로는 책의 위기를 깨닫고 목소리를 높인 자도 있었지만 결국 큰 흐름을 바꾸지 못한 채 단지 떠내려가기만 할 뿐이었지. 네가 만난 세 사람이 자신의 철학을 바꾼 결과, 하나같이 자신의 자리를 잃어버린 것처럼 말이야."

여성이 나직하게 한숨을 토해냈다.

그와 동시에 눈앞에 거무칙칙하게 펼쳐져 있던 압도적인 존재감이 약간 작아진 것처럼 느껴졌다.

무언의 압박감이 약해지면서 린타로는 겨우 생각난 것처럼 크게 숨을 쉬었다. 어느새 이마에 땀방울들이 솟아 있었다.

"처음에는 책을 좋아하는 이상한 소년이 여기저기에서 책을 구해주고 있다는 소문을 듣고 뭔가 도움이 될 만한 말을 해줄지 모른다고 기대했지. 뭔가를 바꿔주리라고 기대한 건 아니야. 다만 우리가 잊어버리고 잃어버린 힘을 되찾기 위해 힌트 하나쯤은 들려줄지도 모른다고 생각했어. 그런데······."

여성의 어두운 눈동자가 린타로에게 돌아왔다.

"아무래도 너를 과대평가했던 것 같군."

여성의 새하얀 오른손이 천천히 올라갔다.

"이제 그만 너의 일상으로 돌아가."

여성의 손이 흔들림과 동시에 등 뒤에서 건조한 소리가 들렸다. 나무 격자문이 열린 것이다.

그토록 기다렸던 집으로 가는 길이 갑자기 나타났다. 그럼에도 린타로는 일어서기는커녕 얼굴조차 들 수 없었다. 강력한 힘에 의해 땅에 처박힌 듯한 충격 속에서 다만 멍하니 주저앉아 있었다.

"내 볼일은 끝났어."

한층 더 차갑게 말하고 나서 여성은 조용히 일어섰다. 이미 눈앞의 현실에 관심을 잃어버린 듯, 그대로 재빨리 등을 돌린 채 안쪽을 향해 걸음을 내디뎠다.

린타로가 가까스로 고개를 들자 벽이었던 서점 안쪽에서 어두운 동로가 입을 벌리고 있었다. 책상도 램프노 아무것도 없는, 끝이 보이지 않는 어두운 통로를 향해 여성은 말없이 걸어갔다. 또각또각. 메마른 구두 굽 소리가 조금씩 멀어졌다.

돌아가도 된다…….

황폐한 감정이 린타로의 가슴을 빠져나갔다.

집에 갈 수 있다면 그것으로 충분하지 않은가? 린타로는 머릿속으로 담담하게 현실을 분석했지만, 몸은 움직이지 않았고 마음은 뭔가를 찾는 것처럼 방황했다.

왜 이렇게 망설이고 있을까? 린타로는 멀어지는 여성의 등을 바라보며 스스로에게 물었다.

혼신을 다한 이야기는 일축당하고 굳은 신념은 비웃음을 샀으며 불면 부서질 듯한 자존심은 날아갔지만, 그렇다고 새로운 상처가 있었던 것도 아니다. 이대로 힘없이 어깨를 떨군 채 사라져서 다시 초라한 삶을 이어가면 된다.

현실인지 환상인지 알 수 없는 책의 미궁에서 일어난 사건 때문에 고민할 필요도 없다. 고등학생인 자신이 할 수 있는 일이라고 해봤자 뻔하다. 음침하고 어두운 책벌레 소년이 이상한 나라에 왔다고 해서 느닷없이 완벽한 영웅이 되는 것은 아니다. 어디에 가든 자신은 순전히 은둔형 외톨이다. 그저 골치 아픈 일을 몇 번 해결해서 잘했다고 칭찬받으면 좋을 정도다.

모든 것을 아는 체하는 얼굴과 몸에 스며든 달관이 기분 좋게 변명을 앞세우고, 소름 끼친 마음의 깊은 곳을 절묘하게 다독였다.

지금까지 이런 식으로 살아왔다. 그것이면 충분하다.

그것이면 되지 않은가.

그것이면…….

"아니야."

린타로는 혼잣말처럼 중얼거렸다.

스스로도 이상할 정도로 가슴속에서 말이 흘러넘쳤다.

다음 순간, 잊고 있었던 소중한 것이 마음 깊은 곳에서 반짝거렸다.

여기 온 가장 큰 이유. 바닷속에 가라앉았던 소중한 보물 상자를 건져 올린 듯한 충격을 받고 린타로는 정신을 차렸다.

"유즈키는……."

반사적으로 고개를 든 순간, 린타로는 등줄기가 서늘함을 느끼고 몸을 떨었다.

앞쪽에 펼쳐진 어두운 통로에는 이미 여성의 모습이 보이지 않았다. 그래도 어렴풋이 들리는 구두 굽 소리에 이끌려 황급히 일어섰다.

"잠깐만요!"

힘껏 외친 목소리가 통로 안쪽으로 빨려 들어갔다. 뿐만 아니라 어렴풋한 굽 소리까지 멀어졌다.

"유즈키는 어디 있어요? 유즈키를 돌려주세요!"

목청껏 소리쳤지만 린타로의 목소리는 허무하게 울려 퍼졌다. 아무런 대답 없이 모든 것을 떨쳐내는 듯한 메마른 구두 굽 소리만이 가까스로 들렸다.

린타로는 망연한 얼굴로 등 뒤의 문을 돌아보았다.

격자문은 여기가 출구라는 듯 활짝 열려 있었다. 그곳으로 나가면 익숙한 일상이 기다리고 있으리라. 평범하고 우울하며 답답하긴 하지만 특별한 용기도 긍지도 필요 없는 뜨뜻미지근한 일상…….

마음 편한 서점 안에 앉아 있는 자신이 떠올랐지만 그래도 린타로의 발은 움직이지 않았다.

이번에는 다시 돌아가기만 하면 되는 단순한 것이 아니었다. 여기에 온 목적을 아직 잊어버리지는 않았다.

린타로는 주먹을 쥐고 눈을 감았다. 그리고 다시 눈을 떴을 때는 몸을 돌려서 안쪽의 캄캄한 통로를 향해 걸음을 내디뎠다.

통로로 들어가자마자 사방은 온통 검은색으로 감싸여서, 아무것도 보이지 않았다. 발밑조차 보이지 않아서 뛰어갈 수도 없었지만, 바닥의 단단한 감촉과 가까스로 들리는 규칙적인 구두 굽 소리를 믿고 앞으로 나아갔다.

식은땀이 등을 타고 흘러내렸다.

뒤를 돌아보지 않은 건 망설임이 없기 때문이 아니라, 출구가 보이지 않았을 때 냉정하게 있을 자신이 없기 때문

이었다. 마음 깊은 안쪽에서 공포와 후회와 조바심과 자기
혐오 같은 부정적인 감정이 부글부글 끓어올라 지금이라
도 흘러넘칠 것 같았다. 한번 끓어오르면 손쓸 도리가 없
으므로, 린타로는 조금이라도 마음을 안정시키기 위해 다
른 생각을 했다.

학교 생활, 이사 준비, 호탕한 고모, 온화한 할아버지의
옆얼굴과 책장에 꽂힌 수많은 책, 그리고 얼룩고양이의 냉
소적인 미소, 친구들의 쾌활한 웃음……

린타로는 앞쪽으로 눈을 고정하고 계속 걸었다.

여성의 등은 보이지 않았다. 하지만 구두 굽 소리는 똑
똑히 들렸다. 적어도 멀어지지는 않았다.

불안했던 마음이 조금씩 가라앉았다.

밈칫거렸던 발걸음에 서서히 힘이 늘어가기 시작했다.

계속 걸으면서 린타로는 누구에게랄 것도 없이 말했다.

"책에 대해 생각했어요."

어두운 통로에 린타로의 목소리가 메아리쳤다.

대답은 들리지 않고, 멀리서 구두 굽 소리만이 시곗바늘
처럼 단조로운 리듬을 새기고 있었다.

"책의 힘이란 무엇일까 계속 생각했어요. 할아버지도 자
주 말씀하셨어요. 책에는 커다란 힘이 있다, 그런데 그 힘

이란 무엇을 의미할까, 라고요."

입에서 말이 흘러나옴과 동시에 마음의 깊은 곳에서 신비한 열기가 태어났다.

억눌리고 얼음처럼 차가운 숨결을 받아도, 끝까지 불씨를 잃지 않는 숯불 같은 열기다.

"책은 지식이나 지혜, 가치관이나 세계관처럼 많은 걸 안겨줘요. 몰랐던 것을 아는 건 즐겁고, 새로운 견해를 만나는 건 굉장히 가슴 두근거리는 일이에요. 하지만 책에는 그런 것보다 더 중요한 힘이 있다는 생각이 들었어요."

린타로는 가슴 안쪽에 떨어지는 가루눈처럼 허무한 생각을 열심히 손으로 받아서 말로 바꾸었다. 손으로 잡았다고 생각한 순간 사라지는 소중한 일들의 한 조각만이라도 전하기 위해 허공을 바라보며 정신없이 걸었다.

자신에게 특별한 힘이 있다고는 생각지 않는다.

뭔가를 바꿀 수 있다고 생각하는 것도 아니다. 하지만 자신이 할 수 있는 일이 있다면 책에 관해 말하는 것뿐이다. 그런 의미에서는 가슴 안에 있는 생각을 아직 확실하게 전하지 못했다.

"계속 그렇게 생각하면서 책의 힘이 무엇인지 찾았어요. 그리고 고민하는 와중에 최근에 조금이나마 대답 같은 것에 도달한 것 같아요."

린타로는 갑자기 발길을 멈추고 어둠의 건너편을 향해 말했다.

"어쩌면 책은 '사람을 생각하는 마음'을 가르쳐주는 게 아닐까요?"

그렇게 큰 소리는 아니었다.

하지만 소리가 낭랑하게 울리면서 허공을 가로질렀다.

어느새 구두 굽 소리가 멈추었다.

다음 순간, 모든 것을 집어삼킬 만한 깊은 정적이 캄캄한 통로에 내려앉았다.

어둠을 향해 눈을 크게 떠도 여성의 모습은 보이지 않았다. 하지만 그 어딘가에 있을 여성을 향해 린타로는 말을 이었다.

"책에는 많은 사람들의 생각이 그려져 있어요. 괴로워하는 사람, 슬퍼하는 사람, 기뻐하는 사람, 웃음을 터뜨리는 사람……. 그런 사람들의 말과 이야기를 만나고 그들과 하나가 됨으로써 우리는 다른 사람의 마음을 알 수 있어요. 가까운 사람만이 아니라 완전히 다른 세계에 사는 사람의 마음까지도요."

정적이 이어졌다.

구두 굽 소리도 들리지 않았다.

그 고요함에 용기를 얻어 린타로는 다시 힘주어 말했다.

"남에게 상처를 주어서는 안 된다, 약한 자를 괴롭히면 안 된다, 어려운 사람에게는 손을 내밀어야 한다……. 그런 건 당연하지 않느냐고 말하는 사람들이 있어요. 하지만 요즘은 점점 당연하지 않게 되고 있어요. 당연하지 않을 뿐만 아니라 '왜 그래야 하지?'라고 묻는 사람들도 있죠. 왜 남에게 상처를 주어서는 안 되는지 모르는 사람들도 많고요. 그런 사람들에게 설명하기는 쉽지 않아요. 이건 논리가 아니니까요. 하지만 책을 읽으면 알 수 있어요. 논리로 말하기보다 훨씬 소중한 것, 사람은 혼자 사는 게 아니라는 걸 쉽게 알 수 있죠."

린타로는 눈에 보이지 않는 상대를 향해 열심히 말을 짜냈다.

"'사람을 생각하는 마음', 그걸 가르쳐주는 게 책의 힘이라고 생각해요. 그 힘이 많은 사람에게 용기를 주고 힘을 주는 거예요."

린타로는 잠시 말을 끊은 뒤, 입술을 깨물고 나서 다시 배에 힘을 주고 말했다.

"당신이 잊을 뻔했다면 제가 소리 높여 다시 말씀드릴

게요. 사람을 생각하는 마음, 그게 바로 책의 힘이에요!"

어두운 통로에 강력한 목소리가 메아리치다 서서히 사라졌다.

다시 완전힌 침묵이 자리를 잡았을 때, 조금씩 어둠이 걷히는 것처럼 여겨졌다. 다음 순간, 갑자기 어둠이 사라지고 린타로는 어느새 처음과 마찬가지로 나쓰키 서점과 비슷한 공간으로 돌아와 있었다.

바로 옆에는 조금 전까지 앉았던 둥근 의자가 있고, 소파 뒤쪽에는 계속 그곳에 있었던 것처럼 여성이 서 있었다.

입구의 격자문은 활짝 열려 있었다. 조금 전에 뛰어들었던 서점 안쪽 어두운 통로는 보이지 않고 나무 벽이 가로막고 있었다. 세 개의 미궁을 비추었던 화면 세 개도 아무 일 없었던 것처럼 각각의 남성들을 비추는 등 특별히 달리진 것은 없었다.

캄캄한 통로를 걸었던 것은 꿈이었을까. 어디부터 어디까지 현실인지 린타로도 확실하게 알 수 없었다.

하지만 한 가지 달라진 것이 있었다.

린타로의 마음가짐이었다.

린타로는 여성을 향해 고개를 숙였다.

"죄송해요. 돌아가라고 하셨지만 아직 돌아갈 수 없어

요. 유즈키를 돌려주지 않았으니까요."

여성은 우두커니 서 있기만 하고 대답하지 않았다.

눈동자에 어린 빛은 여전히 따뜻함이 부족하고, 등줄기가 서늘해질 만큼 어두움이 담겨 있었다.

하지만 린타로는 당황하지 않았다. 상대는 자신보다 훨씬 거대한 존재다. 한순간에 모든 생각이 통할 리 없다. 지금은 상대가 걸음을 멈추고 돌아본 것에 만족하자.

여성의 얇은 입술이 움직였다.

"하지만…… 하지만 인간은 그렇게 소중한 책을 파괴하는 데에만 힘을 쏟고 있지. 파괴된 책은 힘을 잃어버려. 아무리 대단한 힘을 가진 책이라도 갇히고, 잘리고, 마구 팔리고, 이윽고 사라지는 거야. 이건 과장도 비유도 아니야. 내가 내 눈으로 직접 본 거지. 앞으로 더 많은 책이 파괴될 거야."

"그럴지도 모르죠. 그러나 파괴되지 않아요."

예상치 못한 린타로의 침착한 말에 여성의 머리가 희미하게 흔들렸다.

"파괴하려고 해도 간단히 파괴되지 않아요. 지금도 눈에 보이지 않는 곳에서 많은 사람들이 책과 이어져 있어요. 그건 틀림없는 사실이에요. 당신이 지금 여기 있는 것 자체가 가장 큰 증거가 아닐까요?"

린타로가 힘을 주어 말하자 여성은 약간 놀란 것처럼 눈썹을 살짝 움직였다.

여성이 처음으로 보인 표정다운 표정이었다.

한순간 침묵이 흘렀다.

그 약간의 틈을 찌르듯 생각지도 못한 목소리가 느닷없이 날아왔다.

"좋은 말이야, 소년."

활기가 있는 남성의 목소리였다.

깜짝 놀라 주변을 둘러보았으나 여성 말고는 사람의 그림자가 보이지 않았다.

"역시 내가 인정한 소년답군. 감탄했다."

다시 목소리가 들렸을 때, 린타로는 오른쪽을 쳐다보고 깜짝 놀랐다.

린타로를 향해 빙긋이 미소를 지은 사람은 놀랍게도 화면에 나왔던 첫 번째 미궁의 사내였다.

사내는 툇마루에 걸터앉은 채 유유히 차를 마시고 나서 다시 입을 열었다.

"소년이여, 망설일 건 아무것도 없어. 자신감을 가지고 그 여자에게 화를 내. 오만하게 말하면서 아무것도 하지 않고 높은 곳에서 구경만 하는 건 오히려 네가 아니냐고. 너야말로 한때의 위안에 만족하는 것이 아니냐고!"

사내는 어안이 벙벙해하는 린타로를 쿡쿡 웃으며 바라보았다.

"소년이여, 뭔가를 바꾸는 건 힘든 일이야. 하지만 너는 두려워하지 않고 진심을 다해 내게 말했지. 난 네게 고마워하고 있어. 그 이후 매일 수많은 발견을 하고, 수많은 놀라움을 만나고 있지. 네가 말한 대로 나는 진정한 의미에서 책을 사랑하지 않았어. 그로 인해 그렇게 수많은 책에 둘러싸여 있으면서 단 한 권의 책 안에 무한한 세계가 펼쳐져 있다는 걸 깨닫지 못했지. 그런데 솔직히 말하면 최근에 경험한 가장 큰 발견은 책에 관한 게 아니야."

사내가 천천히 손에 들고 있던 찻잔을 들어올렸다.

"아내가 타주는 차가 아주 맛있다는 거지."

사내는 그렇게 말하고 호탕하게 웃었다. 배 밑바닥까지 따뜻해지는 기분 좋은 웃음소리였다.

그 웃음소리에 겹치듯이 이번에는 왼쪽에서 다른 목소리가 날아왔다.

"작은 손님이여, 자신감을 가져라."

린타로는 황급히 반대편 화면을 바라보았다.

입을 반쯤 벌린 채 황당한 표정을 짓고 있는 린타로를 보고 유쾌하게 웃은 사람은 의자에 걸터앉은 하얀 옷의 학자였다. 둥그스름한 얼굴에 있는 눈동자가 다정한 빛을 머금고 있었다.

"넌 내 베토벤을 난폭하게 빨리 돌렸잖아? 작은 손님이여, 그때의 자신감을 떠올려."

학자는 다정하게 고개를 끄덕이면서 다시 유쾌하게 웃었다.

"용기를 가지고 네가 선택한 길을 걸어가. '아무것도 바뀌지 않는다'고 한탄만 하는 무기력한 구경꾼이 되면 안 돼. 앞으로도 끊임없이 여행해, 메로스가 끝까지 달린 것처럼."

여성이 가느다란 눈썹을 살짝 찡그렸다.

"생각만으론 아무것도 바뀌지 않아……."

"그래도 해보려고 생각해야지!"

깊이 있는 목소리가 천장에서 내려왔다.

천장을 올려다보니 의자에서 일어선 사장이 정장을 입은 수많은 남자들을 상대로 연설을 하고 있었다.

"이건 논리가 아니야. 우리에겐 긍지가 있어!"

"하지만……."

사장이 큼지막한 손으로 반박하려던 상대를 제지했다.

"자네들은 책을 좋아해서 여기에 온 게 아닌가?"

조용하면서도 기백이 담긴 목소리였다. 시끌벅적하던 남자들이 일제히 입을 다물었다.

"그렇다면 논리는 여기다 버리고 이상을 말하게. 그게 책을 만드는 우리의 특권이지."

사장의 단호한 목소리에, 정장 차림의 남자들이 일제히 자세를 바로 했다.

천장을 올려다보던 린타로는 눈앞의 여성에게 시선을 돌렸다.

"미미하긴 하지만 그래도 변화는 변화입니다."

린타로가 똑바로 쳐다보아도 여성은 눈길을 돌리지 않았다. 린타로는 여성의 눈을 뚫어지게 쳐다보며 단호하게 말했다.

"우리가 책의 힘을 믿고 있는데, 당신이 당신 자신을 믿지 않으면 어떡하죠?"

여성은 우두커니 선 채 꼼짝도 하지 않았다.

말이 사라지고 작은 공간을 다시 정적이 지배했다.

실내를 가득 메운 침묵은 쉽게 걷히지 않고, 눈이 소리도 없이 쌓이듯 두 사람의 발밑에 깊고 무겁게 쌓였다.

장엄하기까지 한 고요함.

숨이 막힐 만큼 압박감을 동반한 정적.

이 마지막 미궁에 오고 나서 만난 가장 긴 정적이리라.

여성은 이윽고 천천히 눈을 감더니 중얼거리듯 말했다.

"정말 싫어……."

그리고 살며시 눈을 뜨고 린타로를 물끄러미 쳐다보았다.

"가끔 이런 말을 하는 사람을 만나서 기대를 버릴 수 없다니까."

여전히 감정을 읽어내기 힘든 담담한 말투였다. 그럼에도 그곳에는 지금까지와 달리 희미한 감정이 담겨 있었다.

린타로가 흠칫 놀란 것은 여성의 눈동자에서 흔들리는 부드러운 빛을 보았기 때문이다. 그 빛은 한순간의 깜빡임에 불과해서 다음 순간에는 원래의 깊고 어두운 눈동자 안에 녹아들었지만, 그래도 분명히 밝은 빛을 보았다.

"사람을 생각하는 마음…… 그런 마음은 싫지 않아."

여성은 혼잣말처럼 말하더니 뭔가 느낀 것처럼 뒤를 돌아보았다.

공간의 안쪽에서부터 새하얀 빛이 조금씩 차오르기 시작했다. 빛은 천천히 퍼지더니 어두컴컴했던 나쓰키 서점 안을 환하게 밝혔다. 그러자 쭉 늘어서 있는 커다란 책장과 화면까지 희미한 빛을 뿌리기 시작했다.

"시간이 다 됐군."

"네? 시간이 다 돼요?"

여성은 차오르는 새하얀 빛을 바라보면서 담담하게 말했다.

"무모한 짓을 많이 해서 언제까지나 이렇게 있을 수 없어. 이번에는 돌아가. 계속 여기 있으면 정말로 돌아갈 수 없게 되니까."

갑작스럽긴 해도 틀림없이 작별 인사였다.

당황하는 린타로를 보며 여성은 조용히 말했다.

"괜찮아. 여자친구라면 걱정 안 해도 돼."

그런 식으로 말하자 대꾸할 말이 없었다. 린타로가 크게 고개를 끄덕이는 사이에도 주변의 빛은 계속해서 강해졌다.

"헤어져야 하는군요."

"그래, 아주……."

한순간 머뭇거리다 여성은 다시 덧붙였다.

"즐거운 시간이었어."

"저도 만나서 기뻤습니다."

정중히 고개를 숙이는 린타로를 보고 여성은 고개를 갸웃거렸다.

"예의 바른 소년이군. 아니면 내가 모르는 현대의 조크인가?"

"아니요, 당신을 만난 덕분에 소중한 걸 또 하나 깨달을 수 있었어요. 그래서 감사하다는 말씀을 드리고 싶습니다."

이번에는 확실히 고개를 숙인 린타로를, 여성은 침묵과 함께 잠시 지켜보았다.

"멋진 작별 인사군."

여성은 자그맣게 중얼거리며 오른손을 들어 옆에 떠 있던 화면을 만졌다. 그러자 세 개의 화면이 사라지고 원래의 텅 빈 책장이 늘어선 무미건조한 광경으로 돌아갔다.

여성이 책장을 만지자 이번에는 푸른빛과 같이 잇따라 책이 나타나면서 보기 좋게 책장에 꽂혔다. 눈 깜짝할 사이에 양쪽 벽에는 중후한 장서가 빼곡히 들어섰다.

"역시 여기는 이런 게 더 잘 어울리는군."

여성은 미소도 짓지 않고 그렇게 말했다.

그 엉뚱한 말과 행동이 여성 나름의 인사말이란 것은 린타로도 알아차릴 수 있었다.

"저도 이쪽이 훨씬 더 좋네요."

린타로가 웃으면서 대꾸하자 여성은 여전히 표정 없는 얼굴로 작지만 확실하게 고개를 끄덕였다.

주변의 빛이 점점 더 강해지면서 책장과 소파와 두 사람을 살포시 감쌌다.

린타로는 계속 우두커니 서 있는 수밖에 없었다.

새하얀 빛 속에서 여성의 핏기 없는 얇은 입술이 희미하게 움직이면서 무슨 말인가 중얼거렸지만 린타로의 귀에 닿지는 않았다. 여성은 아무 일도 없었던 것처럼 린타로에게 등을 돌리고 그대로 걸음을 내디뎠다.

아무런 미련도 없는 담백한 태도가 너무도 자연스럽고 잘 어울렸다. 린타로는 엉뚱한 것에 감탄하면서 멀어지는 여성의 등을 바라보았다.

고마워…….

헤어질 때 여성은 분명히 그렇게 말했다. 린타로는 그렇게 확신하면서 주변을 감싸는 새하얀 빛에 몸을 맡겼다.

시간이 얼마나 흘렀을까.

정신이 들자 린타로는 눈에 익은 나쓰키 서점 바닥에 무릎을 꿇고 앉아 있었다. 그의 팔 안에는 편안한 표정으로 잠든 친구가 안겨 있었다.

그 자세로 살며시 서점 안쪽을 쳐다보자 투박한 나무 벽이 눈에 들어왔다. 입구로 시선을 돌리자 유달리 밝은 문

밖에서는 가루눈이 춤을 추고 있었다.

"유즈키."

살며시 이름을 부르자 사요는 즉시 눈부신 얼굴로 눈을
살짝 떴나.

"나쓰키……?"

귀에 익은 목소리를 듣고 린타로는 크게 안도의 숨을 토
해냈다.

사요는 잠시 린타로를 올려다보더니 조심스럽게 입을
열었다.

"괜찮아?"

"그건 내가 할 말 같은데?"

쓴웃음을 짓는 린타로를 보며 사요도 살며시 미소를 지
었다. 매일 아침 연습을 하러 가기 전에 보여주는 매력적
인 웃음이었다. 사요는 그대로 주변을 돌아보더니, 린타로
에게 시선을 돌리고 나서 고개를 끄덕였다.

"나를 데리고 돌아온 것 같군."

"그렇게 약속했으니까."

린타로는 사요의 손을 잡고 일어섰다.

그렇게 넓지 않은 나쓰키 서점 안에서 린타로와 사요는
정면으로 마주 보았다. 살포시 눈이 쌓인 바깥에서 격자문

너머로 부드러운 빛이 들어왔고, 그 빛을 등에 진 사요의 모습은 평소보다 더 눈부시게 보였다.

"이런 때에는 '잘 돌아왔어'라고 말하면 될까?"

린타로의 어색한 질문을 받고 사요는 가볍게 고개를 흔들었다.

"아니."

당황하는 린타로를 바라보며 사요는 놀리듯 화려하게 웃었다.

"'메리 크리스마스'라고 해야지."

린타로에게는 인연이 없는 말이 들렸다.

하지만 아름다운 말이라고 순순히 감탄했다.

린타로도 웃는 얼굴로 사요의 말을 똑같이 따라했다.

에필로그

사건의 끝

으아리는 할아버지가 좋아하는 꽃이었다.

특히 깊고 짙은 감색 씨앗을 좋아해서, 선명한 초여름 햇살을 받으며 활짝 핀 꽃잎을 바라보는 할아버지의 옆얼굴을 린타로는 어제 일처럼 떠올릴 수 있었다.

"차가운 직선 안에 부드러운 곡선이 섞인 모습은 클레마티스라는 세련된 이름보다 으아리라는 이름이 훨씬 더 잘 어울린단다."

과묵한 할아버지가 웬일로 그렇게 말하며, 나쓰키 서점 입구의 작은 화분에 으아리를 심었다.

나도 할 수 있을까?

린타로가 그렇게 생각하면서 한동안 방치했던 화분에

물을 주기 시작한 것은 이제야 겨우 마음의 여유가 생겼기 때문이었다.

할아버지가 세상을 떠난 지 석 달.

계절이 지나면서 풍경도 조금 달라졌다.

처마 밑의 눈이 녹고 매화가 피었으며 벚꽃이 꽃망울을 맺었다.

그런 당연한 시간의 흐름 속에서 린타로는 여전히 아침 6시에 격자문을 열어 작은 서점의 공기를 바꾸었다. 빗자루를 들고 계단을 청소한 다음, 어린잎이 고개를 내밀고 있는 화분에 물을 주면서 실내의 먼지를 털었다.

"열심히 하고 있네."

서점의 청소가 어느 정도 끝났을 무렵, 밝은 목소리와 함께 서점 안으로 들어온 사람은 검은색 악기 케이스를 든 사요였다. 케이스 안에 있는 악기가 베이스 클라리넷이라는 이야기는 얼마 전에 들었다. 클라리넷에도 베이스가 있다는 사실을 린타로는 처음 알았지만, 관악부 안에서 사요 혼자 담당하는 귀중한 파트라고 한다.

"용케 매일 하네. 하루도 거르지 않고 청소할 필요는 없잖아?"

사요는 그렇게 말하며 서점 한가운데에 있는 작은 의자

에 털썩 앉았다.

린타로는 책장의 책을 한 권씩 닦으면서 대답했다.

"괜찮아. 난 너와 달리 아침 연습도 없잖아. 더구나 생각보다 꽤 즐거워. 이렇게 청소하다 보면 또 재미있는 책을 만날 수 있거든."

"정말 변태라니까."

사요의 독설은 여전했지만 한없이 상쾌하게 들렸다.

"그나저나 이번 책은 좀 심하지 않아? 뭐가 뭔지 하나도 모르겠어."

사요는 그렇게 말하며 어깨에 멘 가방에서 큼지막한 단행본을 꺼냈다.

책을 보자마자 린타로는 피식 웃었다.

며칠 전에 추천해준 마르케스의 『백년의 고독』이었다.

처음에 오스틴부터 시작해 스탕달, 지드, 플로베르의 작품을 추천해준 것은 연애소설이라면 쉽게 읽을 수 있으리라는 린타로 나름의 배려였다. 그런데 그 책을 전부 읽은 사요가 이번에는 다른 종류의 책도 읽어보고 싶다고 지난주에 말했다.

그때 린타로가 선택한 것이 가브리엘 가르시아 마르케스의 『백년의 고독』이었다.

"너 정말 이거 다 읽었어?"

"그래, 벌써 오래전 일이지만."

"넌 역시 보통이 아니야. 난 너무 어려워서 무슨 말을 하는지 하나도 모르겠던데."

"그거 잘됐네."

책장의 먼지를 털면서 웃는 린타로를 보고 사요가 이상한 표정을 지었다.

"잘됐다고?"

"책을 읽고 어렵게 느꼈다면 그건 네가 그동안 몰랐던 새로운 게 쓰여 있기 때문이야. 어려운 책을 만났다면 그거야말로 좋은 기회지."

"무슨 말이야?"

사요가 곤혹스러운 표정을 지었다.

"책이 쉽다는 건 네가 아는 게 쓰여 있다는 증거야. 어렵다는 건 새로운 게 쓰여 있다는 증거고."

사요는 희귀동물이라도 보는 듯한 눈으로 린타로를 보았다.

"넌 역시 변태야."

"너무 심하게 말하는 거 아니야?"

"하지만 나쁘지는 않아."

사요는 오른손을 이마에 올려 차양처럼 만들며 린타로를 바라보았다.

"오늘은 좀 멋있는 것 같은데?"

순간 책상을 닦던 린타로의 손이 멈추었다.

힐끔 쳐다보자 사요가 린타로를 들여다보듯 고개를 갸웃거리며 생글생글 웃고 있었다.

"귀가 새빨개졌어."

"이래 봬도 누구와 달리 순진하거든."

"순진한 거 좋아하시네. 『롤리타』나 『마담 보바리』 같은 에로 책을 잔뜩 읽은 주제에. 아니면 겉과 달리 속만 음탕한 거야?"

"자꾸 그렇게 놀리면 이제 책 안 팔아."

"장난이야."

사요는 밝은 목소리로 말하고 의자에서 일어섰다. 하지만 그대로 문으로 향하지 않고 가벼운 발걸음으로 서점 안쪽으로 들어갔다.

그리고 막다른 곳까지 와서 살며시 나무 벽을 만졌다.

"역시 막혀 있군."

"막혀 있지 않으면 큰일이지."

"큰일이긴 하지만 왠지 좀 쓸쓸해. 마치 전부 꿈이었던 것 같아."

정말로 꿈이 아닐까?

린타로도 그런 생각이 종종 들었다.

하지만 모든 게 꿈이었다고 해도 확실한 게 한 가지 있다.

린타로는 더 이상 외롭지 않다는 것이다.

"이사 가지 않고 혼자 살고 싶어요."

크리스마스이브, 그 일이 있었던 날. 이삿짐센터의 트럭이 도착하기 한 시간 전에 린타로는 고모에게 그렇게 말했다. 스스로도 놀랄 만큼 엄청난 말이라고 생각했지만 뜻밖에도 고모는 놀라지 않았다.

고모는 통통한 팔을 팔짱 낀 채, 자신을 똑바로 쳐다보는 조카를 한동안 물끄러미 바라보았다.

미묘한 침묵은 상당히 오래 이어진 것 같지만 어쩌면 얼마 되지 않았을지도 모른다.

고모가 천천히 입을 열었다.

"린 짱, 역시 무슨 일 있었지?"

린타로가 예상치 못한 질문이었다. 당황하는 린타로를 보고 고모는 혈색이 좋은 뺨에 희미한 미소를 띠웠다.

"뭐 상관없어. 아직 얘기도 제대로 안 해본 뚱뚱한 아줌

마에게 소년의 비밀을 전부 털어놓으라는 건 무리니까."

물론 린타로는 얼룩고양이와 함께한 기묘한 모험에 대해 말할 수 없었다. 무엇보다 그 신비한 사건을 통해 자신의 무엇이 바뀌었는지, 아직 확실히 깨달은 것도 아니다.

다만 뭐라도 상관없다. 조금이라도 자신의 발로 걸음을 내디뎌보고 싶었다.

선택지가 없다는 말은 착각일 뿐만 아니라 변명에 불과했다는 걸 지금 린타로는 똑똑히 알고 있다. 선택하려고 하면 길은 사방팔방에 얼마든지 있다. 자신이 선택하느냐, 누군가에 의해 떠밀리느냐 그것뿐이다.

"당신이 당신 자신을 믿지 않으면 어떡하죠?"

미궁의 안쪽에서 린타로는 상대에게 그렇게 말했다. 그것은 동시에 자기 자신을 질타하는 목소리이기도 했다. 말은 힘이 되어서, 린타로도 스스로 걸음을 내딛기로 결심했다.

입을 다물고 있는 린타로를 바라보며 고모는 부드럽게 말했다.

"무리하는 건 아니지?"

"무리요?"

"그래, 고모처럼 낯선 사람과 같이 살기 싫어서 괜히 그렇게 말하는 거 아니냐고?"

"그건 아니에요."

"정말이야?"

"정말이에요."

린타로는 짧고 강하게 대답했다.

다시 팔짱을 낀 채 잠시 생각에 잠겨 있던 고모는 이내 고개를 크게 끄덕였다.

"세 가지 조건을 받아들이면 그렇게 해줄 수도 있어."

"세 가지 조건요?"

"그래. 첫째, 반드시 학교에 갈 것."

'헉!'

린타로는 가슴속으로 숨을 들이마셨다. 그동안 계속 학교에 안 갔다는 사실을 고모는 알고 있었다.

"둘째, 일주일에 세 번은 고모에게 전화할 것. 안부를 확인하기 위해서야. 그리고 셋째……."

고모는 통통한 팔을 허리에 대고 몸을 앞으로 내밀었다.

"힘들 때는 고집 부리지 말고 고모에게 의논할 것. 고등학생이 혼자 산다는 건 쉬운 일이 아니니까."

세심한 배려에 린타로는 가슴이 먹먹해졌다.

정말로 좋은 사람이라고 새삼 생각했다. 한마디 한마디에 퉁명스러운 조카에 대한 배려가 넘쳤다.

고모도 그때 나쓰키 서점에 있었다면 기묘한 얼룩고양이나 책이 쌓여 있는 신비한 복도가 틀림없이 보였을 것이다.

"하지만 일주일에 전화 세 번은 좀 힘들어요."

"힘들다고? 이사 당일에, 그것도 이삿짐센터 트럭이 오기 한 시간 전에 취소 전화를 하는 것과 어느 쪽이 더 힘들까? 전화 세 번이 더 힘들 것 같으면 그냥 이사 갈래?"

고모는 사람이 좋을 뿐만 아니라 머리도 좋았다.

린타로에게는 반론의 여지가 없었다.

"그럼 그렇게 할게요."

고개를 숙인 린타로의 귀에 고모의 쓴웃음이 섞인 중얼거림이 들렸다.

"린타로, 할아버지를 쏙 빼닮았구나."

그 말은 린타로에게 최대의 칭찬으로 들렸다.

"어려운 책을 만나면 기회라고 했지?"

『백년의 고독』을 바라보면서 사요가 작게 중얼거렸다.

"한 가지 덧붙이자면, 마르케스는 아키바 선배가 좋아하는 작가야. 아마 여기 있는 마르케스의 책은 전부 읽었을 거야."

"그 말을 들으니까 오히려 읽을 마음이 사라지는데? 뭐 좋아."

사요는 가방 안에 큼지막한 책을 넣으면서 린타로를 가볍게 노려보았다.

"하지만 재미없으면 화낼 거야."

"말도 안 돼. 그 책을 쓴 사람은 마르케스지 내가 아냐."

"하지만 이 책을 권해준 사람은 너지 마르케스가 아니잖아."

고모도 그렇고 사요도 그렇고, 왜 내 주변에는 머리 좋은 여성이 많을까? 린타로는 기묘한 점에 감탄했다.

"아, 큰일이다!"

사요가 갑자기 일어선 것은 이제 곧 아침 연습 시간이기 때문이었다. 사요는 책상 위에 놓여 있던 베이스 클라리넷 케이스를 들고 황급히 문으로 향했다.

"너도 꼭 학교에 와야 해!"

"그럴 거야. 고모와 약속했으니까."

사요를 배웅할 겸 밖으로 나가보니 하늘이 유난히 맑았다. 이른 아침의 선명한 햇살 아래를 노란색 택배 오토바이가 지나갔다.

서점 앞 돌계단을 가볍게 뛰어내리다 사요가 문득 생각난 얼굴로 뒤를 돌아보았다.

"있잖아, 다음에 같이 밥 먹으러 가지 않을래?"

가볍게 던진 말에 린타로는 눈을 두 번 깜빡이면서 한심할 정도로 당황했다.

"나랑 밥 먹으러 가자고?"

"그래."

"왜?"

"아무리 기다려도 네가 먼저 같이 가자고 말하지 않으니까."

아침 햇살 속에서 사요의 상큼한 목소리가 돌아왔다.

린타로는 한층 더 당황해서 아무 말도 할 수 없었다. 반면에 사요는 어이없는 얼굴에 쓴웃음을 매달고 말을 이었다.

"서점 안에서 책 이야기를 하는 것도 좋지만 가끔은 햇빛을 쐬지 않으면 건강에 안 좋아. 천국에 간 할아버지께 또 걱정 끼칠 셈이야?"

'여자와 같이 밥 먹는다고 하면 할아버지가 더 걱정하실 거야.'

평소의 린타로라면 적어도 이 정도 대답을 할 수 있었겠지만, 지금은 머릿속이 새하얘져서 아무 말도 떠오르지 않았다.

"나라도 좋으면"이라는 평범하고 따분한 대답에 대해

"그 정도는 참지 뭐"라는 상큼한 대답이 돌아오니 대꾸할 말이 없다.

우물쭈물하는 린타로에게 사요는 최고의 매력적인 웃음을 내던지고 골목으로 뛰어갔다. 타다타닥 기분 좋은 신발 소리를 들으며 린타로는 자기도 모르게 입을 열었다.

"유즈키."

조금 떨어진 곳에서 친구가 의아한 얼굴로 돌아보았다.

"고마워."

조심스러운 목소리가 조용한 골목길에 확실하게 울려 퍼졌다.

강심장인 사요도 갑작스러운 직구를 받고 조금 놀란 모양이었다.

기지도 재치도 없는 그 말은 린타로의 솔직한 심정이었다. 자신을 걱정해서 몇 번이나 찾아온 친구에게, 린타로는 고마운 마음을 어떻게 표현해야 할지 고민하고 또 고민했다. 그런 끝에 입에서 나온 말은 너무나 평범한 말이었지만, 그래도 지금 린타로에게는 그 말이 최선이었다.

멍하니 서 있는 사요를 향해 린타로는 다시 한 번 말했다.

"정말 고마워. 모든 게 네 덕분이야."

"오글거리게 왜 그래?"

"너도 얼굴이 빨개지는구나."

"누가 빨개졌다고 그래!"

그 말을 끝으로 사요는 몸을 돌리더니 골목 저편으로 뛰어갔다.

교복 차림의 경쾌한 뒷모습이 한없이 눈부신 봄 햇살 속으로 녹아들었다.

잠시 꼼짝도 하지 않고 사요의 뒷모습을 바라보는 린타로의 귀에 나지막한 목소리가 들렸다.

"정신 똑바로 차려, 2대."

깜짝 놀라 주변을 둘러봤지만 조용한 골목에서는 사람의 그림자가 보이지 않았다. 한순간 맞은편 담장을 훌쩍 뛰어넘는 얼룩고양이의 모습이 보인 것 같았지만 분명하지는 않았다. 시선을 고정했을 때는 특별할 것이 없는 눈에 익은 일상적인 풍경이 펼쳐져 있었다.

린타로는 잠시 꼼짝도 하지 않고 우두커니 서 있다가 이윽고 작게 쓴웃음을 지었다.

"나름대로 한번 해볼게."

가슴속으로 확실하게 말하고 나서 맑은 하늘을 올려다보았다.

서점 청소가 끝나면 아삼티를 마시면서 잠시 책을 읽는

다. 시간이 되면 문단속을 한 뒤 가방을 들고 학교에 간다. 학교에서는 시시한 일들만 일어나지만, 어쨌든 무단결석으로 총명한 반장을 화나게 하는 일만은 피하려고 노력하고 있다.

문제는 산더미처럼 쌓여 있고 무엇 하나 해결되지 않았다. 그래도 스스로 선택한 소박한 일상을 자신의 발로 걸어가는 것이 지금 린타로에게 주어진 임무다.

린타로는 격자문을 열어놓은 채 서점 안으로 들어가 익숙한 손놀림으로 책상 위의 티세트를 꺼냈다. 전기 포트에 물을 끓인 뒤, 오랫동안 사용한 할아버지의 티포트에 물을 따랐다. 그러는 사이에 골목을 뛰어가는 동네 초등학생들의 시끌벅적한 웃음소리가 들려왔다.

사람의 기척이 늘고 새로운 하루가 움직이기 시작했다.

기분 좋은 향기가 피어오르는 가운데, 린타로는 조용히 책을 펼쳤다.

부드러운 바람이 흐르면서 문의 도어벨에서 맑은 소리가 울려 퍼졌다.

옮긴이의 말

책을 좋아하는 모든 이에게 묻는 책 이야기
"우리는 왜 책을 읽는 걸까?"

나쓰키 린타로는 어릴 때 부모님이 돌아가시고 고서점을 하는 할아버지와 단둘이 살고 있는 평범한 고등학생이다. 더구나 학교에 가지 않고 서점에 틀어박힌 채 하루 종일 책만 읽는다. 외톨이인 그에게 책은 유일한 친구다.

그런 린타로에게 일생일대의 변화가 찾아온다. 할아버지가 갑작스레 돌아가신 것이다. 할아버지의 장례식이 끝나자 그는 일면식도 없는 고모와 같이 살게 될 처지에 놓인다. 그러던 어느 날, 인간의 말을 하는 고양이가 나타나 책을 구하기 위해 힘을 빌려달라고 하는데······.

이 작품에는 네 유형의 사람이 등장한다.

첫째, 읽은 책의 수로 경쟁하는 자칭 지식인. 그는 더 많은 책을 읽기 위해 한 번 읽은 책은 커다란 유리 케이스에 가두고 다시는 꺼내지 않는다. 책을 많이 읽은 사람이 가치 있는 사람이라는 생각에 사로잡혀 있는 것이다.

둘째, 책은 줄거리만 읽으면 충분하다고 생각하는 학자. 그는 바쁜 현대인을 위해 속독법을 개발하고 줄거리를 요약해준다. 그리하여 줄거리에 필요 없는 부분은 싹둑싹둑 잘라버린다.

셋째, 책을 팔아서 이익만 올리면 된다고 생각하는 출판사 사장. 그는 책을 소모품으로 여기며, 어떻게 하면 사람들에게 책을 더 많이 팔지 연구한다. 그러다 결국 세상에 필요한 책이 아니라 세상이 원하는 책을 만들면 된다는 결론에 이른다.

넷째, 깊은 상처를 받은 책 자신. 오랜 역사가 새겨진 오래된 책은 수많은 사람들 마음의 영향을 받아서 엄청난 힘을 가지게 된다. 그런 책의 마음이 일그러지는 순간…….

이 책의 저자인 나쓰카와 소스케(夏川草介)는 작가라는 직업 이외에 또 하나의 직업이 있다. 바로 의사다. 1978년에 오사카에서 태어나 신슈대학 의학부를 졸업한 그는 현재 나가노 현에서 의사로 일하고 있다. 수련의 시절에 쓴 『신의 카르테』로 2009년 제10회 쇼각칸문고 소설상을 수상하며 데뷔했는데, 이 시리즈는 일본에서 320만 부가 넘게 팔리는 엄청난 베스트셀러를 기록했다. 그 이후에 쓴 첫 번째 판타지 작품이 바로 『책을 지키려는 고양이』다.

그는 열렬한 나쓰메 소세키의 팬이자 고양이 마니아로 알려져 있다. 그의 이름도 나쓰메 소세키에서 나쓰(夏)를, 가와바타 야스나리에서 카와(川)를, 나쓰메 소세키의 「풀베개(草枕)」란 작품에서 소(草)를, 아쿠타가와 류노스케에서 스케(介)를 따왔다고 한다.

이 작품에 관해 그는 이렇게 말한다.

"대학 시절에는 닥치는 대로 책을 읽었다. 나쓰메 소세키나 그의 제자들 작품이라든지, 18세기 프랑스나 러시아 문학을 망라한다든지…… 그러면서 나름대로 내 세계를 구축했다. 또한 아무도 안 읽는 책을 읽는 게 멋있다고 생각하거나 책에서 얻은 지식으로 도망치기도 했다. 즉 이 작품에 등장한 사람들이 하는 일은 전부 내가 걸어온 길이다. 그들이 내세우는 이론을 린타로가 어떻게 돌파하느냐는 나 자신의 문제이기도 하다."

셰익스피어, 뒤마, 프루스트, 로맹 롤랑, 니체, 생텍쥐페리, 괴테, 마르케스 등, 이 책에는 지금까지 우리가 읽어왔고 앞으로 읽어야 할 많은 작가의 작품들이 등장한다. 그렇다. 우리는 지금까지 참 많은 책을 읽어왔고 앞으로도 읽을 것이다.

그런데…… 우리는 왜 책을 읽는 걸까.

우리 안에도 네 가지 유형의 모습이 조금씩 자리하고 있지 않을까.

때로는 닥치는 대로 책을 읽고, 때로는 줄거리만 읽기도 하고, 때로는 아무 생각 없이 베스트셀러에 손을 내밀기도 하고, 때로는 일그러진 마음으로 책을 읽기도 한다. 그러면서 왜 책을 읽는지 생각지도 않고 습관적으로, 또는 무의식적으로 다음 책에 손을 내민다.

대학교 4학년 때, '책이 과연 사람을 구할 수 있을까?'란 주제를 놓고 토론 수업을 한 적이 있었다. 책은 과연 사람을 구할 수 있을까? 책이 사람을 구한다면, 어떤 방법으로 어떻게 구할까.

이 작품에는 이런 모든 의문에 대한 대답이 실려 있다. 때로는 숨이 막히고 때로는 식은땀이 솟구치며 때로는 가슴이 먹먹해질 만큼 아름다운 이야기와 함께. 아마 페이지

를 넘길 때마다 가슴속에는 따뜻함이 퍼져나가면서 입에
서는 탄성이 새어나오지 않을까.

당신은 왜 책을 읽는 걸까.

2018년 1월

이선희

책을
지키려는
고양이

1판 1쇄 발행 2018년 1월 12일
2판 6쇄 발행 2024년 6월 19일

지은이 나쓰카와 소스케
옮긴이 이선희
펴낸이 김영곤
펴낸곳 (주)북이십일 아르테
디자인 스튜디오 미인
문학팀 김지연 원보람 권구훈
해외기획실 최연순 소은선
출판마케팅영업본부장 한충희
마케팅2팀 나은경 정유진 백다희 이민재
출판영업팀 최명열 김다운 권채영 김도연
제작팀 이영민 권경민

출판등록 2000년 5월 6일 제406-2003-061호
주소 (우 10881) 경기도 파주시 회동길 201 (문발동)
대표전화 031-955-2100 **팩스** 031-955-2151

ISBN 978-89-509-9592-8 03830

아르테는 (주)북이십일의 문학 브랜드입니다.

(주)북이십일 경계를 허무는 콘텐츠 리더

아르테 채널에서 도서 정보와 다양한 영상자료, 이벤트를 만나세요!
페이스북 facebook.com/21arte   인스타그램 instagram.com/21_arte
포스트 post.naver.com/staubin   홈페이지 arte.book21.com